地毯的那一端

张晓风
—著—

人民文学出版社
PEOPLE'S LITERATURE PUBLISHING HOUSE
本书由台北九歌出版社授权出版

著作权合同登记号　图字 01-2012-7143

图书在版编目(CIP)数据

地毯的那一端／张晓风著．—北京：人民文学出版社，2016
ISBN 978-7-02-011657-7

Ⅰ．①地…　Ⅱ．①张…　Ⅲ．①散文集-中国-当代
Ⅳ．①I267

中国版本图书馆 CIP 数据核字(2016)第 109289 号

责任编辑　陈建宾
特约策划　陶媛媛
封面设计　汪佳诗

出版发行　人民文学出版社
社　　址　北京市朝内大街 166 号
邮政编码　100705
网　　址　http://www.rw-cn.com

印　　制　山东临沂新华印刷物流集团
经　　销　全国新华书店等

字　　数　150 千字
开　　本　890 毫米×1240 毫米　1/32
印　　张　6
版　　次　2014 年 1 月北京第 1 版
印　　次　2016 年 7 月第 1 次印刷

书　　号　978-7-02-011657-7
定　　价　35.00 元

如有印装质量问题，请与本社图书销售中心调换。电话：010-65233595

那就是，我知道，

你必定和我一同前去。

目录

同是今春看花人

（新版总序）

台北有一棵树，名叫鱼木，从南美洲移来的，长得硕大伟壮，有四层楼那么高，暮春的时候开一身白花。这树是日据时期种下的，算来也该有八九十岁了。

今年四月花期又至，我照例去探探她。那天落雨，我没带伞，心想也好，细雨霏霏中看花并且跟花一起淋雨，应该别有一番意趣。花树位在新生南路的巷子里，全台北就此一棵。

有个女子对面走来，看见我在雨中看花，忽然将手中一把小伞递给我，说：

“老师，这伞给你，我，就到家了。”

她虽叫我老师，但我确定她不是我学生，我的第一个反应是拒绝，素昧平生，凭什么拿人家的伞？

“不用，不用，这雨小小的。”我说。

“没事的，没事的，老师，我家真的就到了。”她说得更大声更急切，显得益发理直气壮，简直一副“你们大家来评评理”式的架势。

我忽然惊觉，自己好像必须接受这把伞，这女子是如此善良执着，拒绝她简直近乎罪恶。而且，她给我伞，背后大概有一段小小的隐情：

这棵全台北唯一的鱼木，开起来闹闹腾腾，花期约莫三个礼拜，平均每天会有一千人跑来看她，看的人或仰着头，或猛按相机，或徘徊踯躅，至于情人档或亲子档则指指点点细语温婉，亦看花，亦互看。总之，几分钟后，匆忙的看花人轻轻叹了一口气，在喜悦和怅惘中一一离去。而台北市有四百万人口，每年来看花的人数虽多，也只是二三万，算来，看花者应是少数的痴心人。

在巷子里，在花树下，痴心人逢到痴心人，大概彼此都有一份疼惜。赠伞的女子也许敬我重我，也许疼我怜我，但其中有一份情，她没说出口来，想来她应该一向深爱那棵花树，因而也就顺便爱眷在雨中痴立看花的我。

我们都是花下过客，都为一树华美芳郁而震慑而俯首，“风雨并肩处，同是今春看花人”。

那天雨愈下愈大，我因有伞，觉得有必要多站一会，才对得起赠伞人。花瓣纷落，细香微度，我想，我还能再站一会儿。

后记：

这是一篇应出版社要求，为“老书新出”写的序，出版的地点在中国大陆，可是我不会写序，所以写出来的仍是一篇散文。偶有人问我：“为什么你在中国大陆也有读者？”我想，远方的读者应该是喜欢那些隐身在文字背后、属于古老文化中的华茂浑朴的记忆——啊！我们都是站在同一棵大树下惊艳的看花人，在同一个春天。

张晓风

二〇一二年七月

有少作可悔，幸甚

（2011 年九歌新版序）

一

《地毯的那一端》是大学毕业前、毕业后加新婚时期的作品，照我自己一磨三蹭的性子，大概不会想到那么早就来结集出书。可是这其间却因冒出一个热心的“未来天才出版家”隐地，而使事情整个改观。一九六六年，他搜集了十个年轻人的作品，做成专案，建议当时最旺气的文星出版社的萧孟能先生来出这批书。萧先生读了他拿来的稿件，百分之九十同意，只剔掉一件，他觉得那作者还太嫩，才高中。五十年后再回头来看，其实证明隐地是对的，反而是萧先生看走眼了，那个被他删掉的名字是林怀民。

其他九个人是谁呢？算来除了我另外八人是：

邵僴

康芸薇

叶珊(后来的笔名改成杨牧)

舒凡

江玲

隐地

刘静娟

赵云

当时余光中先生好像刚回台,他也热心地跳下来帮忙打书,他把这套书的作者定位为“九个青青的名字”。啊,出书的感觉真不错,尤其是在文星出,文星当年不管是出书或橱窗布置都是文化界的地标。龙思良把“一箩筐真的生鸡蛋”放在书店门口也是令大家觉得惊艳的创作。萧先生请我们在“自由之家”喝下午茶,顺便照个相,以便放在封底(那年头,大家自己拿得出来的照片都是板板的大头照)。我记得摄影家是柯锡杰,但此事隐地最近去向柯锡杰求证,柯锡杰却说没印象,隐地也记得有照相的事,但他猜可能是龙思良,不料去求证另一人,得到的答案却是根本没有下午茶一事,而我们中间更另有一位却已轻微失智了,原来当年那些事都如梦似幻难于复述啊!但我却又分明记得，我穿一件湖色带白点的洋装，裙子短短的，袖子却极大，翩翩迎风。

二

我走进萧先生的办公室——文星当年我记得有三个据点，一是台银总行隔壁的巷子，一在衡阳路三叶庄对面，一在峨嵋街。写散文的张菱舲（大约三年前去世了）曾说："哼，他们搬到哪，风水就跟着旺到哪！"——我去的是第一个地址，那里似乎是他们的行政中心，是一处闹中取静、简单明亮、朴素大方的办公室，萧先生操上海口音，其本人则高大白皙温文尔雅，他说：

"你的作品，我读了，让我想起泰戈尔和冰心——"

我一下子陷在"被识破"的震惊和喜悦里，这一震，让我简直忘记我是为签约而来的。我只想，啊！他怎么竟知道？约，就随便签了，三千元卖了，其中还要扣一百五十元的税，加上自己认购的一千元的书，所以实际上付的钱是一千八百五十元，现在看来有点像个笑话。

书既卖掉了，所以赔不赔赚不赚一概不干我事，但我还是好奇，大约在前三个月的时候，我每周都会跑去看销售表，过了一阵子我大约知道畅销的程度，领先的是我和叶珊，但因和金钱无关，所以只是“纯关切”，只想知道，真有人在读我吗？

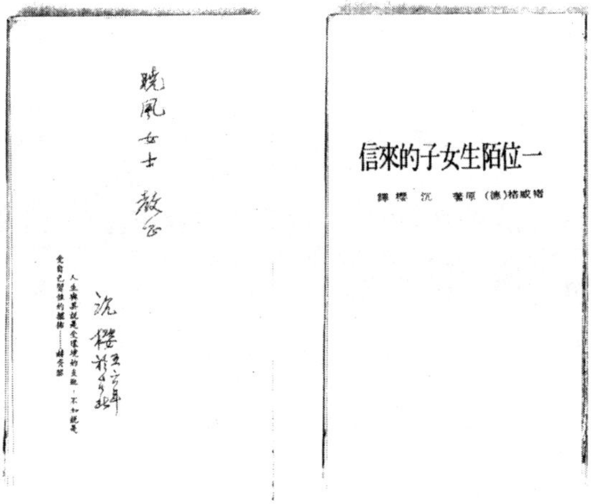

三

钱虽没赚到，倒是发生了几件好事。好事之一是文坛大老林海音写信给我，那时代的大老很有大老风，常关怀晚辈，她对文星把此书归为小说很惊奇，因为明明是散文嘛（她不说，我也没发现文星书讯上不合理的分类，也许是为了促销）。但她的结语颇令我雀跃，她说：“算了，不管是小说是散文，反正，你织了一张好毯，我喜欢。”当时的沈樱也给了我信，这两人的字都漂亮，林的字疏朗流丽，沈的字则在秀逸外有一份语文老师的端雅（她在北一女教语文）。有一天我在林海音家中做客（那时她住在重庆南路的日式房子里），有人打电话进来，也是文坛之人，林海音正忙着晚餐没接电话，是小女儿代接代聊的，事后接电话的人向大家复述，来电者问家中如此热闹是干嘛？有哪些人在场？知道有晓风在就说她也喜欢晓风。不料沉樱听了，撇嘴道："哼，她也来喜欢晓风！"沉樱其人质朴风趣直话直说，林海音则颇有"大姐头"风，她便拉高嗓门说："啊哟，就只准我们喜欢晓风，别人都不许吗？"沉樱也就笑了。现在回想起来，感到能为长辈爱宠，"幸福感"真的如暖裘环身，难以忘怀。

好事之二是一九六六年出书，一九六七年就得了中山文艺奖，据多年后我听某王姓大老说，当时也是颇有一番争执的。反对的人认为年轻小孩才出一本书，轮得到她吗？赞成的人则认为用实力来比嘛，管她是谁。至于当年谁挺我，谁反我，感谢上帝我一无所知。不过现在我偶尔也做评审，评审会其实几乎没有不起争执的。

好事之三是我在当年买了栋房子，在新生南路，价钱是二十一万伍千，而奖金是五万元，我差不多忽然付了四分之一的房贷，也真是傻人傻福。今天的"国家文艺奖"奖金虽高达一百万，但绝不够在台北买四分之一幢房子。

但坏事也有，不久后文星忽然收了，这么大的店，说没有就没有了。我们的书被一位叫××帆的人拿去出版（不单我，许多文星的书，连余光中等人的大作也都被转过去了），××帆那人我略有所闻，他当年牵在一件奇异的情死案里。他是外省男人，他有个台籍女友，名叫×素卿，两人因结不成婚相约去赴死，拿一条绳子绑两个人一起跳下淡水河，怪就怪在女的死了，男的却又爬上岸来了。事后研判似乎女的打的是死结，男的打的却是活结，此人于是被判坐牢。但此刻，出狱后的他却宣称因为萧孟能欠了他钱，所以他有权拿这些书来抵债，奇怪，萧怎么会欠××帆的钱呢？此事如果属实，则我们作者的作品简直是奴隶，可以在财主间拿来互相作抵押品！

除了在台湾被剥削，在香港居然也有位“文化界人士王×羲”把文星的书拿去在香港盗版。王×羲是侨生，自己也能写，曾在台大读外文系，回到香港则办杂志，盗台湾的书颇有些靠山吃山的味道，既然熟悉台湾文坛，不盗白不盗。而朋友们大多面皮薄，真要去开骂或上法庭也太撕破脸了，何况跨海打官司成本太高也落不到什么便宜，加上台湾在海外也常以“盗版王国”驰名，台湾作者被盗，人家也就没有什么同情心。

接着下来，就轮到大陆出版商来盗了。盗分两路，一种是流寇，是游走型的；一种是山寨王，是正式的堂而皇之的出版社，两者都吃定我们。

但如果无视自己的版税方面的金钱损失，无视别人的霸凌无赖，则作品既已行遍天下，而自己也还没有像杜甫那样惨遭饿死，那就看开些吧！而香港的王×羲的“盗版人生”也已在二年前草草落幕，那，也就一笔勾销算了吧！厚道的朋友不妨把他看作“为台湾文艺界作推广工作并约定互不付费的人”。

写作，哪能光想到版税呢？孔子作《春秋》，好像什么也没有拿到呢！

只希望将来的作者不会再是遭人剥皮吸髓的人。

四

如果你要问我当年出书印象最深的事，说来也许你不信，居然是颜色。

那是一个晴好的下午，我骑脚踏车到文星在衡阳路的店，在店门口未上楼之前碰到三毛。二人手里拿着的是同样的东西，都是色样——我拿的是紫色，她拿的是“橄榄绿”（亦称“秋香绿”或“酪梨绿”），我的紫色是朋友陈骕帮忙调的，三毛则是为舒凡的书调的（那时候，她是舒凡的女朋友），那时她的生命中还没有出现西班牙、荷西以及撒哈拉沙漠。文星版的书是素面的瘦长小开本（大约是18.5公分×11公分，但因当年字小，所以内容字数倒不比现在的大开本为少),封面上既没有图案,也没有摄影,重点全在颜色,所以选色成了大事。我那时新婚不久,家里全是紫色,也就把紫色延漫到新书的封面上去了。而三毛调的颜色极其沉稳玄秘,她本人的打扮也一向美丽落拓而亮眼,那天阳光下她微笑和我打招呼,我隐约记得她上着一件极白的白衫,下系一条华丽的彩裙,我们原是旧识,不久前她才为我画了一幅结婚签名绸,上面盛开着粉色的牡丹。此刻她的表情在羞怯中有几分偷偷分享了男友荣耀的小女人的喜悦,却又掩饰着,她的笑容看起来有点像十一岁小女孩的纯真。啊,我说这些干什么呢?她离开人世已有二十年了,啊,那幽幽的沉沉的橄榄绿啊!那又馥郁又怅惘的颜色啊,那女子精致的灵魂啊!

五

校对时有个地方常错,我努力把它们都改了。不是我错,我们同时代的人都常犯那个错,那就是把“五节芒”(亦称“菅芒”)误为芦苇了,那时代的“新移民”都搞不清楚其间的差别。

另外有几个“代号”,过了近半世纪也不妨一一道破。

《地毯的那一端》中的“德”是我的丈夫林治平,所以用“德”,是因他在族谱中的名字是仲德。

在《归去》中的“峙”也是他，取其和治字同音。

至于“依”，则是黄珍琪教授，她后来做到东吴经济系主任，用“依”，是因她是天主教徒，长长的圣名中有个音是“依”。

“茅”是杜奎英教授的代号，他后来成了“依”的丈夫，却不幸早逝，我在一篇《半局》中写过他，他因常喜欢用他的东北普通话说“什么张阿猫、李阿狗的”，我便偷叫他“张阿猫、李阿狗”，“茅”其实是“猫”的谐音。

《小小的烛光》中的“桑先生”其实是戴桑先生，而“徐”则是徐世棠，他后来任职外贸协会，死于英国任上，我在《再给我们讲一个笑话吧！》一文中写了他。

《细细的潮音》中的“汪老师”是汪经昌，号薇史，死于香港，我在《一半儿春愁一半儿水》中写过他，老师似乎是死于车祸的后遗症。我后来经过香港时总是去美孚新村看看汪师母。犹记汪师母有一次很兴奋，说：“唉呀，真好呀，我看了报，报上说你得了市长奖呀！”我愣了一下，奇怪，她说什么呀？我又不是小学生，得什么市长奖？后来想了半天，想通了，原来我得了吴三连文学奖，而在师母轻微失智的脑海中，吴三连仍是台北市长，她常跟我说：“有空就来坐啊，要知道，见一次就少一次啰！”而现在，我已经再也不能去会晤她了。

六

中国文化的传统中难免有因“崇老”而“抑少”的现象,古人便有“悔其少作”的话,意思是指年老了,回头去看自己年轻时的作品难免觉得幼稚不成熟,因而生悔心。我回头校对自己,却并不觉得有抱歉之必要,这倒不是傲慢,而是因为一生有点长,“行年五十,而知四十九之非”,同理,“行年九十,而知八十九之非”,一个人如果一路悔其前愆,那真要悔个不完了。我的想法相反,我很庆幸当年曾留下少作,且庆幸“步上红毯”已成为一代语汇,在两岸都成为“结婚”的代用语。

总之,有少作可供惭愧,也是好得无比的事啊!

晓　风

二〇一一年三月

仍然

（1978 年香港版序）

距离写《地毯的那一端》一文，已经是十三年了，四千多个朝朝暮暮在眼底流逝，当我由于校对而重拾记忆时，我自己也为之惊讶了，夜灯下我惊顾四壁风声，那个女孩在哪里？

由于《地毯的那一端》是我一连串作品中的长子，我对它当初怀有的热情是以后不再有的，书出之后，我下了班，总要到店中去问问销售册数——不是为钱（反正已经一次卖断了），而是想知道有几个人喜欢它。

那以后，出书对我而言就再不是激动的事，行年渐长，渐知道所谓毁誉不过是那么回事，倒是对写作本身愈来愈能坚持其沉潜的热度。

对于作品，我一向是喜新厌旧的，写了就是写了，我渴望能把精神上的“近照”呈现给读者，但令我惊讶的是，读者们仍然不忘这本最初的小书。这件事，也许和它曾荣获一九六七年“中山文艺散文奖”有关，但恐怕更可信的推测是，这是我大学前后的作品，是浪漫的，唯美的，有一种不成熟的激情，以及一股生涩照眼的青春。

也许由于作品中自叙性的内容，这本书的读者也比较喜欢关怀我个人的生活，我愿意简述一则真实的小故事：

三年前，亦即我结婚十周年的前几天，一个晚上，我前赴台湾大学作一场有关婚姻的座谈会，会中，有一个纸条传来这样的问题：

“请问，是不是‘贫贱夫妻百事哀’？”

“不是的，”我说，“请看我手上的戒指，已经戴了快十年了，当初只是九十块钱买的（二元二角美金），钻戒并不是结婚中必要的东西，如果你自己不觉得九十元的戒指寒伧，你就不寒伧了。我和我的丈夫结婚时，他是尚在读研究所的研究生，我，是一个助教。钱差不多总是不够用的，但也想不出自己缺乏过什么。我们对自己有自信，对社会有自信，我们相信只要在奋斗，总不会活不下去的！”

过了几天，我接到一张贺卡，是那晚的一个听众寄来的，他没有写名字，只说“祝福那个戴着一枚九十元的戒指去结婚的新娘的十周年”。

我仍然在爱，仍然容易激动，仍然信任，并且，也仍在写。

在香港版的《地毯的那一端》出版前夕，谨以此文交予基督教文艺出版社代序。

一九七七年十一月

文星书店
1966年8月初版

基督教文艺出版社
1978年1月香港初版

自　序

（1966 年文星版序）

这是我的第一本书。

许多日子以来，无论走着坐着，那个意念总来干扰我，对我说：

“你就要出第一本书了。”

像一年半以前踏着音乐步入圣堂的那天一样，我的心被快乐和庄严的感觉包围着。

在这种年龄就把自己呈现给读者，惶恐是免不了的。这些年来，我的作品极少。翻开剪贴簿，发现四年来总共也就只有这些篇数。很久以前，我就为自己订下一个原则，除非深深感动了我的那些东西，否则我绝不去写它。所以，这些作品容或缺少彩色，但绝不缺少诚恳。故此，我敢于把这本画册放在每一个发亮的玻璃橱里，以及每一颗仍然年轻的心里。因为我的画笔虽然拙劣，我所企图表现的却并不如此。

八年了，生活在线装书的扉页里。前四年是中文系的学生，后四年是中文系的助教。读中文给了我许多意想不到的享受，也给了我许多意想不到的负担。

在这些“偏安”的日子里，我们这一代居然没有在学业上耽搁过什么。学校坐落在外双溪的山脚下，就着水声，我可以安心地圈点四书五经，可以闲适地低吟诗词歌赋，只是在这些美好的时光里，我的心悲哀着。

记得那一天，在交通车里，四月的稻香从玻璃窗外涌进来，我迷惘地问身旁的老教授：

“每一代都有每一代的文学，而我们这一代的文学是什么呢？”

“没有，我们这一代没有文学！”

“我们总该有一个方向，是不是？”我说，“诗过去了，乐府过去了，词过去了，曲过去了。如果我们不能挽回那个时代，什么又是我们的方向呢？”

“这个，”他沉吟了一会，“我也正在想，我们要变。”

“如果将来的文学史，独有我们这一代是一个空档，别人可以不负责任，我们却无以辞其咎！”

他点点头，我知道，他的心里有着同样的沉重。

其实，我也可以不想这些问题的。我还这样年轻，天下事无论如何是轮不到我来忧愁的。引一代文学为一己之咎，是未免太张狂了。

但是天生成我有比别人热的血，比别人敏感的心，遂使我不能不背负着这些神圣的忧愁。

只是我挣扎着（我知道有许多人也正在和我作同样的挣扎），要把这一代年轻人的思想表现出来。让人知道，中华民族的每一代都有血，都有泪，都有纯洁的心迹和不朽的希望——他们并不见得只晓得通过松山机场或启德机场去取得美国国籍。

将来的历史怎样描述我们这个离乱的时代，我们不知道。我们只知道尽一项义务——阻止他们把这个时代写成一个死寂的时代。

在《新约圣经》里，有这样一段记载：

一个孩子，夹在五千名群众里听耶稣的教训，当长长的训诲结束的时候，天色已经晚了，群众无法在旷野里找到什么吃的，他们全都饥饿着，而家还在很远以外的城镇上。

那孩子于是献出他所有的一份口粮——五个麦饼、两条小鱼，耶稣接过那简单的食物，擘开，分给众人，他们就都吃饱了。

也许有人并不相信这个故事，五个饼、两条鱼分给五千名群众是不生作用的。但我们却不得不承认一件事实——当一个人的奉献在物质之外还包含着他全部的热爱时，其力量是足以排山倒海的。

这本小书在这个嗜血的世纪里能显出什么样的作用，似乎是很难猜的,但正如那个不知名的幼童一样,我所献出的已是我手中所有的了。这些字句也许只能称为一抹淡淡的痕迹,但它足以说明曾有一个女孩子那样炽烈地爱过这个世界。

到山中去

德：

从山里回来已经两天了，但不知怎的，总觉得满身仍有拂不掉的山之气息。行坐之间，恍惚以为自己就是山上的一块石头，溪边的一棵树。见到人，再也想不起什么客套辞令，只是痴痴傻傻地重复着一句话："你到山里头去过吗？"

那天你不能去，真是很可惜的。你那么忙，我向来不敢用不急之务打扰你。但这次我忍不住要写信给你。德，人不到山里去，不到水里去，那真是活得冤枉。

说起来也够惭愧了。在外双溪住了五年多，从来就不知道内双溪是什么样子。春天里每沿着公路走个半钟点，看到山径曲折，野花漫开，就自以为到了内双溪。直到前些天，有朋友到那边漫游归来，我才知道原来山的那边还有山。

平常因为学校在山脚下，宿舍在山腰上，推开窗子，满眼都是起伏的青峦，衬着窗框，俨然就是一卷横幅山水，所以逢到朋友们邀我出游，我总是推辞。有时还爱和人抬杠道："何必呢？余胸中自有丘壑。"而这次，我是太累了，太倦了，也太厌了，一种说不出的情绪鼓动着我，告诉我在山那边有一种神秘的力量，我于是换了一身绿色轻装，登上一双绿色软鞋，摒开终年不离手的红笔，跨上一辆跑车，和朋友们相偕而去。——我一向喜欢绿色，你是知道的，但那天特别喜欢,似乎是觉得那颜色让我更接近自然,更溶入自然。

德,人间有许多真理,实在是讲不清的。譬如说吧,山山都有石头,都有树木,都有溪流。但,它们是不同的,就像我们人和人不同一样。这些年来,在山这边住了这么久,每天看朝云,看晚霞,看晴阴变化,自以为很了解山了,及至到了山那边,才发现那又是另一种气象,另一种意境。其实,严格地说,常被人践踏观赏的山已经算不得什么山了。如果不幸成为名山,被些无聊的人盖了些亭阁楼台,题了些诗文字画,甚至起了观光旅社,那不但不成其为山,也不能成其为地了。德,你懂我了吗?内双溪一切的优美,全在那一片未凿的天真,让你想到,它现在的形貌和伊甸园时代是完全一样的。我真愿作那样一座山,那样沉郁,那样古朴,那样深邃。德,你愿意吗?

我真希望你看到我,碰见我的人都说我那天快活极了,我怎能不快活呢?我想起前些年,戴唱给我们听的一首英文歌,那歌词说:“我的父亲极其富有,全世界在他权下,我是他的孩子——我掌管平原山野。”德,这真是最快乐的事了——我统管一切的美。德,我真说不出,真说不出。我几乎感觉痛苦了——我无法表达我所感受的。我们照了好些相片,以后我会拿给你看,你就可以明白了。唉,其实照片又何尝照得出所以然来,暗箱里容得下风声水响吗?镜头中摄得出草气花香吗?爱默生说,大自然是一件从来没有被描写过的事物。

可是，那又怎能算是人们的过失？用人的思想去比配上帝的思想，用人工去摹拟天工，那岂不是近乎荒谬的吗？

这些日子，应该已是初冬了，那宁静温和的早晨，淡淡地像溶液般四面包围着我们的阳光，只让人想到最柔美的春天。我们的车沿着山路而上，洪水在我们的右方奔腾着，森然的乱石垒叠着。我从来没有见过这样急湍的流水和这样巨大的石块。而芒草又一大片一大片地杂生在小径旁。人行到此，只见渊中的水声澎湃，雪白的浪花绽开在黑色的岩石上。那种苍凉的古意四面袭来，心中便无缘无故地伤乱起来。回头看游伴，他们也都怔住了。我真了解什么叫“慑人心魄”了。

“是不是人类看到这种景致，”我悄声问茅，“就会想到自杀呢？”

“是吧，可是不叫自杀——我也说不出来。有一年，我站在长城上，四野苍茫，心头就不知怎的乱撞起来，那时只有一个想法，就是跳下去。”

我无语痴立，一种无形的悲凉在胸臆间上下摇晃。漫野芒草凄然地白着，水声低昂而怆绝。而山溪却依然急窜着。啊，逝者如斯，如斯逝者，为什么它不能稍一回顾呢？

扶车再行，两侧全是壁立的山峰，那样秀拔的气象似乎只能在前人的山水画中一见。远远地有人在山上敲着石块，那单调无变化的金石声传来,令我怵然以惊。有人告诉我,他们是要开一段梯田。我望着那些人,他们究竟知不知道外面的世界呢?当我们快被紧张和忙碌扼死的时候,当宽坦的街市上树立着被速度造成的伤亡牌,为什么他们独有那样悠闲的岁月,用最原始的凿子,在无人的山间,敲打出迟缓的时钟?他们似乎也望了望这边,那么,究竟是他们羡慕我们,还是我们羡慕他们呢?

峰回路转,坡度更陡了,推车而上,十分吃力,行到水源地,把车子寄放在一家人门前,继续前行。阳光更浓了,山景益发清晰,一切气味也都被蒸发出来。稻香扑人,真有点醺然欲醉的味道。这时候,只恨自己未能着一身宽袍,好兜两袖素馨回去。路旁更有许多叫得出来和叫不出来的野花,也都晒干了一身的露水,抬起头来了。在别人看得见和看不见的山径上挥散着它们的美。

渐渐地,我们更接近终点,我向几个在禾场上游戏的孩子问路,立刻有一个浓眉大眼的男孩挺身而出。我想问他瀑布在什么地方,却又不知道台湾话要怎么表达。那孩子用狡黠的眼光望了望我。“水墙,是吗?我带你去。”啊,德,好美的名词,水墙。我把这名词翻译出来,大家都赞叹了一遍。那孩子在前面走着,我们很困难地跟着他跑,又跟着他步过小河。他停下来,望望我们,一面指着路边的野花蓓蕾对我们说:“还没开,要是开了,你真不知有多漂亮。”我点头承认——我相信,山中一切的美都超过想象。德,你信吗?我又和那孩子谈了几句话,知道他已是小学五年级了。“你毕业后要升初中吗?”他回过头来,把正在嚼着的草根往路旁一扔,大眼中流露出一种不屑的神情:“不!”德,你真不知道,当时我有多羞愧。只自觉以往所看的一切书本、一切笔记、一切讲义,都在他的那声“不”中被否认了。德,我们读书干什么呢?究竟干什么呢?我们多少时候连生活是什么都忘了呢!

我们终于到了“水墙”了。德,那一霎直是想哭,那种兴奋,是我没有经历过的。人真该到田园中去,因为我们的老祖宗原是从那里被放逐的!啊,德,如果你看到那样宽、那样长、那样壮观的瀑布,你真是什么也不想了,我那天就是那样站着,只觉得要大声唱几句,震撼一下那已经震撼了我的山谷。我想起一首我们都极喜欢的黑人歌:“我的财产放置在一个地方,一个地方,远远地在青天之上。”德,真的,直到那天我才忽然憬悟到,我有那样多的美好的产业。像清风明月,像山松野草。我要把它们寄放在溪谷内,我要把它们珍藏在云层上,我要把它们怀抱在深心中。

德,即使当时你胸中折叠着一千丈的愁烦,及至你站在瀑布面前,也会一泻而尽了。甚至你会觉得惊奇,何以你常常会被一句话骚扰,何以常常因一个眼色而气愤。德,这一切都是多余的,都是不必要的。你会感到压在你肩上的重担卸下去了，蒙在你眼睛上的鳞片也脱落了。那时候，如果还有什么欲望的话，只是想把水面的落叶聚拢来，编成一个小筏子，让自己躺在上面，浮槎放海而去。

那时候，德，你真不知我们变得有多疯狂。我和达赤着足在石块与石块之间跳跃着。偶尔苔滑，跌在水里，把裙边全弄湿了，那真叫淋漓尽兴呢！山风把我们的头发梳成一种脱俗的型式，我们不禁相望大笑。哎，德，那种快乐真是说不出来——如果说得出来也没有人肯信。

瀑布很急，其色如霜。人立在丈外，仍能感觉到细细的水珠不断溅来。我们捡了些树枝，燃起一堆火，就在上头烤起肉来。又接了一锅飞泉来烹茶。在那阴湿的山谷中，我们享受着原始人的乐趣。火光照着我们因兴奋而发红的脸，照着焦黄喷香的烤肉，照着吱吱作响的清茗。德，那时候，你会觉得连你的心也是热的、亮的、跳跃的。

我们沿着原路回来，山中那样容易黑，我们只得摸索而行了，冷冷的急流在我们足下响着，真有几分惊险呢！我忽然想起“世道艰难，有甚于此者”。自己也不晓得这句话是从书本上看来的，还是平日的感触。唉，德，为什么我们不生作樵夫渔父呢？为什么我们都只能作暂游的武陵人呢？

寻到大路，已是繁星满天了，稀疏的灯光几乎和远星不辨。行囊很轻，吃的已经吃下去了，而带去看的书报也在匆忙中拿去做了火引子。事后想想，也觉好笑，这岂是斯文人做的事吗？但是，德，这恐怕也是一定的，人总要疯狂一下、荒唐一下、矫时干俗一下，是不是呢？路上，达一直哼着《苏三起解》，茅喊他的秦腔，而我，依然唱着那首黑人名歌："我的财产放置在一个地方，一个地方，远远地在青天之上……"

找到寄车处，主人留我们喝一杯茶。

"住在这里怎样买菜呢？"我问他们。

"不用买，我们自己种了一畦。"

"肉呢？"

"这附近有几家人，每天由出租车带上一大块也就够了。"

"不常下山玩吧？"

"很少，住在这里，亲戚都疏远了。"

不管怎样，德，我羡慕着那样一种生活，我们人是泥作的，不是吗？我们的脚总不能永远踏在柏油路上、水泥道上和磨石子地上——我们得踏在真真实实的土壤上。

山岚照人，风声如涛。我们只得告辞了。顺路而下，不费一点脚力，车子便滑行起来。所谓列子御风，大概也只是这样一种意境吧？

那天，我真是极困乏而又极有精神，极浑沌而又极能深思。你能想象我那夜的晚祷吗？德，从大自然中归来，要坚持无神论是难的。我说："父啊，让我知道，你充满万有。让我知道，你在山中，你在水中，你在风中，你在云中。容许我的心在每一个角落向你下拜。当我年轻的时候，教我探索你的美。当我年老的时候，教我咀嚼你的美。终我一生，教我常常举目望山，好让我在困厄之中，时时支取到从你而来的力量。"

德，你愿意附和我吗？今天又是个晴天呢！风声在云外呼唤着，远山也在送青了。德，拨开你一桌的资料卡，拭净你尘封的眼镜片，让我们到山中去。

一九六三年十二月

画　晴

落了许久的雨，天忽然晴了。心理上就觉得似乎捡回了一批失落的财宝，天的蓝宝石和山的绿翡翠在一夜之间又重现在晨窗中了。阳光倾注在山谷中，如同一盅稀薄的葡萄汁。

我起来，走下台阶，独自微笑着，欢喜着。四下一个人也没有，我就觉得自己也没有了。天地间只有一团喜悦、一腔温柔、一片勃勃然的生气。我走向田畦，就以为自己是一株恬然的菜花。我举袂迎风，就觉得自己是一缕宛转的气流。我抬头望天，却又把自己误为明灿的阳光。我的心从来没有这样宽广过，恍惚中忆起一节经文："上帝叫日头照好人，也照歹人。"我第一次那样深切地体会到造物的深心，我就忽然热爱起一切有生命和无生命的东西来了。我那样渴切地想对每一个人说声早安。

不知怎的，忽然想起住在郊外的陈，就觉得非去拜访她不可，人在这种日子里真不该再有所安排和计划的。在这种阳光中如果不带有几分醉意，凡事随兴而行，就显得太不调和了。

转了好几班车，来到一条曲折的黄泥路。天晴了，路刚晒干，温温软软的，让人感觉到大地的脉搏。一路走着，不觉到了，我站在竹篱面前，连吠门的小狗也没有一只。门上斜挂了一把小铃，我独自摇了半天，猜想大概是没人了。低头细看，才发现一个极小的铜锁——她也出去了。

我又站了许久，不知道自己该往哪里去。想要留个纸条，却又说不出所以造访的目的。其实我并不那么渴望见她的。我只想消磨一个极好的太阳天，只想到乡村里去看看五谷六畜怎样欣赏这个日子。

抬头望去，远处禾场很空阔，几垛稻草疏疏落落地散布着。颇有些仿古制作的意味。我信步徐行，发现自己正走向一片广场，黄绿不匀的草在我脚下伸展着，奇怪的大石在草丛中散置着。我选了一块比较光滑的斜靠而坐，就觉得身下垫的和身上盖的都是灼热的阳光。我陶然了许久，定神环望，才发现这景致简单得不可置信——一片草场，几块乱石。远处唯有天草相黏，近处只有好风如水。没有任何名花异草，没有任何仕女云集。但我为什么这样痴骇地坐着呢？我是被什么吸引着呢？

我悠然地望着天，我的心就恍然回到往古的年代，那时候必然也是一个久雨后的晴天，一个村野之人，在耕作之余，到禾场上去晒太阳。他的小狗在他的身旁打着滚，弄得一身是草，他酣然地躺着，傻傻地笑着，觉得没有人经历过这样的幸福。于是，他兴奋起来，喘着气去叩王室的门，要把这宗秘密公布出来。他万没有想到所有听见的人都掩袖窃笑，从此把他当作一个典故来打趣。

他有什么错呢？因为他发现的真理太简单吗？但经过这样多个世纪，他所体味的幸福仍然不是坐在暖气机边的人所能了解的。如果我们肯早日离开阴深黑暗的蛰居，回到热热亮亮的光中，那该多美呢！

头顶上有一棵不知名的树，叶子不多，却都很青翠，太阳的影像从树叶的微隙中筛了下来。暖风过处满地团团的日影都欣然起舞。唉，这样温柔的阳光，对于庸碌的人而言，一生之中又能几遇呢？

坐在这样的树下，又使我想起自己平日对人品的观察。我常常觉得自己的浮躁和浅薄就像“夏日之日”，常使人厌恶、回避。于是在深心之中，总不免暗暗地向往着一个境界——“冬日之日”。那是光明的，却毫不刺眼。是暖热的，却不至灼人。什么时候我才能那样含蕴，那样温柔敦厚而又那样深沉呢？“如果你要我成为光，求你让我成为这样的光。”我不禁用全心灵祷求，“不是独步中天，造成气焰和光芒。而是透过灰冷的天空，用一腔热忱去温柔一切僵坐在阴湿中的人。”

渐近日午，光线更明朗了，一切景物的色调开始变得浓重。记得尝读过段成式的作品，独爱其中一句：“坐对当窗木，看移三面阴。”想不到我也有缘领略这种静趣。其实我所欣赏的，前人已经欣赏了。我所感受的，前人也已经感受了。但是，为什么这些经历依旧是这么深，这么新鲜呢？

身旁有一袋点心，是我顺手买来、打算送给陈的。现在却成了我的午餐。一个人,在无垠的草场上,咀嚼着简单的干粮,倒也是十分有趣。在这种景色里,不觉其饿,却也不觉其饱。吃东西只是一种情趣,一种艺术。

我原来是带了一本词集子的,却一直没打开,总觉得直接观赏情景,比间接的观赏要深刻得多。饭后有些倦了,才顺手翻它几页。不觉沉然欲睡,手里还拿着书,人已经恍然踏入另一个境界。

等到醒来,发现几只黑色瘦胫的羊,正慢慢地啮着草,远远的有一个孩子跷脚躺着,悠然地嚼着一根长长的青草。我抛书而起,在草场上迂回漫步。难得这么静的下午,我的脚步声和羊群的啮草声都清晰可闻。回头再看看那曲臂为枕的孩子,不觉有点羡慕他那种"富贵于我如浮云"的风度了。几只羊依旧低头择草,恍惚间只让我觉得它们咀嚼的不只是草,而是冬天里半发的绿意,以及荒场上无边无际的阳光。

日影稍稍西斜了,光辉却仍旧不减,在一天之中,我往往偏爱这一刻。我知道有人歌颂朝云,有人爱恋晚霞。至于耀眼的日升和幽邃的黑夜,都惯受人们的钟爱。唯有这样平凡的下午,没有一点彩色和光芒的时刻,常常会被人遗忘。但我却不能自禁地喜爱并且瞻仰这份宁静、恬淡和收敛。我回到自己的位置坐下,茫茫草原,就只交付我和那看羊的孩子吗?叫我们如何消受得完呢?

偶抬头，只见微云掠空，斜斜地排着。像一首短诗，像一阕不规则的小令。看着看着，就忍不住发出许多奇想。记得元曲中有一段述说一个人不能写信的理由：“不是无才思，绕清江，买不得天样纸。”而现在，天空的蓝笺已平铺在我头上，我却又苦于没有云样的笔。其实即使有笔如云，也不过随写随抹，何尝尽责描绘造物之奇。至于和风动草，大概本来也想低吟几句云的作品。只是云彩总爱反复地更改着，叫风声无从传布。如果有人学会云的速记，把天上的文章流传几篇到人间，却又该多么好呢。

正在痴想之间，发现不但云朵的形状变幻着，连它的颜色也奇异地转换了。半天朱霞，粲然如焚，映着草地也有三分红意了。不仔细分辨，就像莽原尽处烧着一片野火似的。牧羊的孩子不知何时已把他的羊聚拢了。村里炊烟袅升，他也就隐向一片暮霭中去了。

我站起身来，摸摸石头还有一些余温，而空气中却沁进几分凉意了。有一群孩子走过，每人抱着一怀枯枝干草。忽然见到我就都停下来，互相低语着。

“她真有点奇怪，不是吗？”

“我们这里从来没有人来远足的。”

“我知道，”有一个较老成的孩子说，“他们有的人喜欢到这里来画图的。”

“可是,我没有看见她的纸和她的水彩呀!”

“她一定画好了,藏起来了。”

得到满意的结论以后,他们又作一行归去了。远处有疏疏密密的竹林,掩映一角红墙,我望着他们各自走入他们的家,心中不禁怃然若失。想起城市的街道,想起两侧壁立的大厦,人行其间,抬头只见一线天色,真仿佛置身于死荫的幽谷了。而这里,在这不知名的原野中,却是遍地泛滥着阳光。人生际遇不同,相去多么远啊!

我转身离去,落日在我身后画着红艳的圆。而远处昏黄的灯光也同时在我面前亮起。那种壮丽和寒伧成为极强烈的对照。

遥遥地看到陈的家,也已经有了灯光,想她必是倦游归来了,我迟疑了一下,没有走过去摇铃,我已拜望过郊外的晴朗,不必再看她了。

走到车站,总觉得手里比来的时候多了一些东西,低头看看,依然是那一本旧书。这使我忽然迷惑起来了,难道我真的携有一张画吗?像那个孩子所说的:“画好了,藏起来了!”

归途上,当我独行在黑茫茫的暮色中,我就开始接触那轴画了。它是用淡墨染成的“晴郊图”,画在平整的心灵素宣上,在每一个阴黑的地方向我展示。

一九六四年三月十一日

最后的戳记

房间里很拥挤,顺着桌柜往前走,我后面的同学推着我,我也推着前面的同学。我已经过了好几个关口:报到了,填了注册单,并且缴了学费,现在我正把选课卡递了过去;办事小姐抬起头来和我打了个招呼,很亲切地问我:

"都选吗?"

"当然。"我怎能不全选呢? 以后我再也没有机会选课了。

我继续往前走,又缴了一些零碎的钱,便开始办借书证的手续,来到最后一个关口——查验学生证。我从皮包中取出那精致的小本子,红色的封面虽然经过三年多的时间,依然保持它的鲜艳美丽。我翻开第一面,上面写着我的姓名、籍贯和出生年月日,并贴着我高中时代的照片。那自然弯曲的短发,那看来似乎和什么人赌气的神态,现在都令我怀念不已。而今而后,在人生的舞台上,我再也不会戴这样一张脸谱了。我又翻一页,是记事栏,除了公车处盖过一方"挂失有案"的图案外,便空无所有了。接下去的一页是注册登记栏,上面有八个方格,分成两列,是让注册组盖章用的,每学期注册的时候盖一格,我已经盖满了七个格子,只剩下右下角的一个空格了。我平时很少注意这些琐细事情,今天却在异样的心情下仔细地谛视了一番。这个图章不大。只有两公分见方,刻的是纤细的篆文,以前我为什么不曾注意过呢? 为什么到今天我才这样眷恋地看着它呢? 为什么到今天我才发现了不同的意义呢?

我想着,竟把伸到柜台上的手缩了回来。

“最后一个章了,”我对自己说,“这是最后一个章了!”

忽然,我感到一种前所未有的悲哀,莫名其妙地有着出去痛哭一场的冲动。茫茫然地,我走出了嘈杂的房间,独自步向校园。早日的阳光照在草地上,那样淡淡的、柔柔的阳光,把景物衬托得肃穆而清丽。我随便择了一处草厚的地方坐下,对着溪水,对着青山,竟一点也得不着宁静,我深深地吸了一口气,把头埋在双臂中,我什么也看不见了,除了那一片草皮,那生长在我足旁的草皮。但我还是看到那红色的小本子,以一种倔强的姿态躺在草上,那红色刺着我的眼,我的心。我禁不住又把它翻开,我又看到那七个印记了。七个精巧的朱红色的印记,在我眼前跳跃着,我的心感到异样的伤痛,我不禁有些恨自己了。真的,何以当别人庆幸自己即将毕业的时候,我却难过起来?

第一个章,我回想起来了,那是三年前的夏天,那充满了兴趣和胆怯的一天,当我接过这本小册子的时候,展布在我面前的是怎样绮丽的远景啊!记得有一句话说:“大学就是一个你进去时自以为什么都知道,毕业时才了解自己什么都不知道的地方。”然而那时候,我并不曾觉得自己什么都懂,如今更觉得一无所知了。何以我被安排要走在这条寻索学问的路上呢？这原是一条没有尽头的路啊！

第二个章盖在一九五九的二月里，轻淡地模糊地表示着一片平淡、朦胧而又恬美的生活；第三个章开始，我便在学校里领取自助金和其他奖学金了。回忆起来未始不是一桩艰苦的奋斗，我不只一次地站在布告牌前，仰望自己是否出现在那幸运的名单里。我总是被一大群人挡住了，根本看不到任何名字，大约每次都是别人替我看到的。好几次都有朋友拍着我的肩膀，或拉着我的长发，叫道："恭喜啊，你得到了！什么时候请客呢？"那时我会快乐地流下泪来，我会找到安静的一角，坐下来，感谢那位给了我机会又给了我智慧的天父，也很自然地想到我的父母，以及许多关切我、期望着我成功的人，因而觉得自己到底做了一件对得起人的事。在那有限的金钱中，我领受了无限的快乐。

我用那笔钱来买书，好让许多先哲的思想进入我的心中；我用它来买文具，好让我的思想流入别人的心中；我用它买我自己所喜爱的东西，因为我从来不觉得死守着一份钱财会有什么好处。此外，剩下的一点数目，我使用它买一些亲友们所喜爱的东西，或是给父亲的一本书，给母亲的一枚胸针，给弟弟妹妹的钢笔、玩具，或是给朋友的生日卡片，因为当笑容从别人面上闪亮的时候，我心头的明镜便也映出快乐的形像。

从那平整的印记中,我仿佛又看到平整的校舍,何等巍峨庄严的一座大楼啊！这是我完成一百六十九个学分的地方！我心怦然,一种肃穆而神圣的思想在我胸中升起,我不知道是哪些人的血汗钱集募起来建造了这所大楼,但我知道,总有那样一批人。我不知道是谁设计出它,谁堆砌成它,但我也知道,总有那样一批人。我,一个没有长处也没有优点的人,上天何其钟爱我,让那么多我所不曾谋面、不知名姓的人,助我完成了学业。是的,这只是七枚小小的印记,但隐含着多少人的爱与关切啊!

我的眼前似乎仍浮着那平整的大楼,大楼的右侧是院长的办公室。好几次我站在他的办公桌前,好像我们不是师生,而是朋友,我们的谈话往往持续到电话铃响了、他不得不和别人答话时为止。在这学校里,我得到了许多大学教本上的知识,更得到了一些书本外的学问。有一位同学说:“这是我们的黄金时代!”是的,使我们的日子得以称为黄金时代的,便是这些学者脑中闪烁的智慧!

大楼第三层,靠中央部分的一间房子,便是我的教室。我们班上只有十一个人,上课的时候,我们比庞大的学校或庞大的班级舒服得多,教授可以征询我们每一个人的意见,我们也可以感觉到自己的存在,以及自己的重要性。逢到上“诗选”时,我们就做对子或联句。那情景不像是上课,倒像是什么诗人大会似的。记得有一次做“秋兴”

的诗,有同学吟了一句:“飘萍何所托?”教授说:“太萧飒了!”我忽然想起一句:“傲菊乃相宜”,便对上去了,教授大为高兴。句子虽然谈不上好,却也颇能见志。如果有一天我老了,回忆起少年狂态,这件事当可算做资料之一吧。

在教室里也有很痛苦的时候,好几次我抱病上课,感到眩晕而惊悸,但我非不得已,绝不请假,一则我不愿意错过任何听讲的机会,二则我太重视出席全勤的那份荣誉。我感谢上帝,他给了我一宗最大的财富——健全的脑子,健全的理性,和健全的身体,我从来没有生过比感冒更严重的病,而当我病的时候,他更给我足够的支持力,让我向上的意志不曾仆倒过。

教学大楼的右边是活动中心,在那里我也有着我另一面的绚丽生活。我虽然从小好静,不爱活动,唯一的消遣就是躺在床上看小说或听唱片,但这几年来,我也被强迫地活动了一下,我发觉一个人固然可以从有兴趣的活动中领受益处,却也往往从没有兴趣的活动中得到经验。我曾为社团活动奔走过,疲乏过,抱怨过,但当一切过去了,我仍然成为我的时候,我悟出那“毕竟为别人做了一点事”的快乐。

在图书馆里是最美的时光了,我常在那里读书或写稿,不时停下来看看四壁图书,而兴“生也有涯,知也无涯”的警觉;有时更无所事事地坐着,把玩一朵小野花,看白云从长窗外的蓝天展翼而过,心底涌起无言的喜悦,人生是何等地美,何等地有希望,何等地值得眷恋珍惜!

大楼的正后方,相去百级石梯的地方,耸立着女生宿舍。在风雨的夜里,我未始不觉得它正像一个家。没有事的时候,我总爱坐在桌前向窗外眺望。因为地势高,一带禾田和村落都尽收眼底。我想,如果我是一个教育家,我也要把我的学校建在稻田之前,让学生们自己去发现细嫩的秧苗怎样结出了茁壮的穗子,让他在无言中憬悟出自己应该如何去完成他的学程。村落外有一座不太高的山,看来仿佛伸手可及,曾读摩诘“好倚磬石饭”的句子,总觉得那平平的小山也应该可以搬过来作为餐桌。小山之外,还有好几叠山峰,其中有一座特别秀拔的,常在夕阳的返照下,幻出一片淡紫的霞光,读外文系的辉,竟把它拟作希腊神话中诸神会聚的奥林帕斯山呢!

回想起来,这是多好的生活,一个人若是一生都能过着我这三年多来的生活,真该心满意足了!

我在草上坐着,想着,又快乐,又惭愧,我从别人那里支取了如许之多,现在,当最后一个注册章盖下去的时候,我便被认为是前脚已经跨出校园的“准毕业生”了。我能对这个培养我的社会尽什么责呢?我能对养育我的父母报什么恩呢?我能使看重我的师长如愿吗？我能否站起来，做一个对得起自己的人呢？

草场上的阳光渐渐冷却了，我便拾起那本小册子回到注册处去。

方才拥挤的人潮散去了，房间里很冷清，办事的职员已在收拾杂物，准备离去。我径自走向缴检学生证的地方——踏着稳定的步子。

办事的先生把图章在印泥上捺了一下，从我手里接过学生证，放正了，便按了下去，他在四周压了，又着力在中央部分压了一下，然后才抬起手来，看看那清晰的戳记，满意地微笑了。

“最后一个章呢！”他递还给我，“当然得盖得特别好，你看，八个章，整整齐齐地，多好！”

“是的。”我感激地看他一眼，便再也说不出什么话了。

通往宿舍的路上，两侧开满了杂色的杜鹃，我感到自己心里也有一朵花，在欢欣的希望中慢慢地绽开了。

“我的主，”我抬头望着蓝宝石般的晴空，心里默默地祷告，“但愿在你那本美丽无比的生命册上，我的名字下也盖满了许多整齐而又清晰的戳记，表示你对我完成之事的嘉许，当我走完一生路程的时候，当你为我盖下最后的戳记的时候，求你让我知道，我曾完成一段圆满的人生！”

一九六二年三月十九日

绿色的书简

梅梅、素素、圆圆、满满、小弟和小妹：

当我一口气写完了你们六个名字，我的心中开始有着异样的感动，这种心情恐怕很少有人会体会的，除非这人也是五个妹妹和一个弟弟的姐姐，除非这人的弟妹也像你们一样惹人恼又惹人爱。

此刻正是清晨，想你们也都起身了吧？真想看看你们睁开眼睛时的样子呢！六个人，刚好有一打亮而圆的紫葡萄眼珠儿，想想看，该有多可爱——十二颗滴溜溜的葡萄珠子围着餐桌，转动着，闪耀着，真是一宗可观的财富啊！

现在，太阳升上来，雾渐渐散去，原野上一片渥绿，看起来绵软软地，让我觉得即使我不小心，从这山上摔了下去，也不会擦伤一块皮的，顶多被弹两下，沾上一袜子洗不掉的绿罢了。还有那条绕着山脚的小河，也泛出绿色了，那是另外一种绿，明晃晃的，像是抹了油似的；至于山，仍是绿色，却是一堆浓郁郁的黛绿，让人觉得，无论从哪里下手，都不能拨开一条小缝的，让人觉得，即使刨开它两层下来，它的绿仍然不会减色的。此外，我的纱窗也是绿的，极浅极浅的绿，被太阳一照，当真就像古美人的纱裙一样缥缈了。你们想，我在这样一个染满了绿意的早晨和你们写信，我的心里又焉能不充溢着生气勃勃的绿呢？

这些年来我很少和你们写信，每次想起来心中总觉得很愧疚，其实我何尝忘记过你们呢？每天晚上，当我默默地说："求全能的天父看顾我的弟弟妹妹。"我的心情总是激动的，而你们六张小脸便很自然地浮现在我脑中，每当此际我要待好一会才能继续说下去。我常想要告诉你们，我是如何喜欢你们，尽管我们拌过嘴，打过架，赌咒发誓不跟对方说话，但如今我长大了，我便明白，我们原是一块珍贵的绿宝石，被一双神奇的手凿成了精巧的七颗，又系成一串儿。弟弟妹妹们，我们真该常常记得，我们是不能分割的一串儿！

前些日子我曾给妈妈寄了一张毕业照去，不知道你们看到没有，我想你们对那顶方帽子都很感兴趣吧？我却记得，当我在照相馆中换上了那套学士服的时候，眼眶中竟充满了泪水。我常想，奋斗四年得到一个学位，混四年何尝不也得一个学位呢？所不同的，大概唯有冠上那顶帽子时内心的感受吧！我记得那天我曾在更衣镜前痴立了许久，我想起了我们的祖父，他赶上一个科举甫废的年代，什么功名也没有取得；我也想起了我们的父亲，他是个半生戎马的军人，当然也就没有学位可谈了。而我何幸成为这家族中的第一个获得学士学位的人？这又岂是我一人之功，生长于这种乱世，而竟能在免于冻馁之外，加上进德修业的机会，上天何其钟爱我！

我不希望这是我们家仅有的一顶方帽子，我盼望你们也能去争取它。真盼望将来有一天,我们老了,大家把自己的帽子和自己的儿孙的帽子都陈设出来,足足地堆上一个屋子。(记得吗?“一屋子”是我们形容数目的最高级形容词。有时候,一千一万一亿都及不上它的。)

在那顶方帽子之下,你们可以看到我新剪的短发,那天为着照相,勉强修饰了一下,有时候,实在乱得不像样,我却爱引用肯尼迪总统在别人攻击他头发时所说的一句话,他说:“我相信所以治理国家的东西,是长在头皮下面,而不是上面。”为了这句话,我就愈发忘形了,无论是哪一种发式,我很少把它弄得服贴过,但我希望你们不要学我,尤其是妹妹们,更应该时常修饰得整整齐齐,妇容和妇德是同样值得重视的。

当然,你们也会看到在头发下面的那双眼,尽管它并不晶莹美丽,像小说上所形容的,但你们可曾在其中发现一丝的昏暗和失望吗?没有,你们的姐姐虽然离开家,到一个遥远的陌生地去求学,但她从来没有让目光下垂过,让脚步颓唐过,她从来不沮丧,也不灰心,你们都该学她,把眼睛向前看,向那无比远大的前程望去。

你们还看见什么呢?看到那件半露在学士服外的新旗袍了吧?你们同学的姐姐可能也有一件这样的白旗袍,但你们可以骄傲,因为你们姐姐的这一件和她们有所不同,因为是我用脑和手去赚得的,不久以后你们会发现,一个人靠努力赚得自己的衣食,是多么快乐而又多么骄傲的一件事。

最后,你们必定会注意到那件披在外面、宽大而严肃的学士服,爱穿新衣服的小妹也许很想试试吧?其实这衣服并不好看,就如获得它的过程并不平顺一样,人生中有很多东西都是这样的。美丽耀眼的东西在生活中并不多见,而获得任何东西的过程,却没有不艰辛的。

我费了这些笔墨,我所想告诉你们的岂是一张小照吗?我渴望让你们了解我所了解的,付上我所付上的,得着我所得着的,我企望你们都能赶上我,并且超越我!

梅梅也许是第一个步上这条路的,因为你即将高中毕业了,我希望你在最后两个月中发愤读点书。我一向认为你是很聪明的,也许就因为聪明的缘故,你对教科书丝毫不感兴趣。其实以往我何尝甘心读书,我是宁愿到校园中去统计每一朵玫瑰花的瓣儿,也不屑去作代数习题的。但是,妹妹,无论如何,我们不能勉强每一件事都如我们的意,我们固然应该学我们所爱好的东西,却也没有理由摒弃我们所不感兴趣的东西。我知道你也喜欢写作的,前些日子我偶然从一个同学的剪贴簿上发现我们两个人的作品,私心窃喜不已,这证明我们两人的作品不但被刊载,也被读者所喜爱,我为自己欣慰,更为你欣慰,你是有前途的,不要就此截断你上进的路。大学在向你招手,你来吧,大学会训练你的思想,让你通过这条路而渐渐臻于成熟和完美。

素素读的是商职,这也是好的,我们家的人都不长于计算,你好好地读,倒也可以替大家出一口气。最近家中的芒果和橄榄都快熟了,你一向好吃零食,小心别又弄得胃痛了。你有一个特点,就是喜欢漂亮的衣服,其实这也不算坏事,正好可以补我不好打扮的短处,只是还应该把自己喜欢衣服的心推到别人身上去,像杜甫一样,以天下的寒士为念。再者,将来你不妨用自己的努力去换取你所心爱的东西,这样,正如我刚才所说的,你不但能享受"获得"的喜悦,还能享受"去获得"的喜悦。

圆圆,你正是十四岁,我很了解在这种年龄的孩子,这一段日子是最不好受的了,自己总弄不清楚该算成人还是小孩,不过,时间自会带你度过这个关口。你的英文和数学总不肯下工夫,这也是我的老毛病,如今我渐渐感到自己在这方面吃了不少的亏,你才初二,一切从头做起,并不为晚,许多人一生的资源,都是在你这种年龄的时候贮存的。我知道,你是可造之才,我期待着看到你成功,看到你初中毕业、高中毕业、大学毕业……你小时候,我的同学们每次看到你便喜欢叫你"小甜甜",我希望你不仅让别人从你的微笑里领到一份甜蜜，更该让父母和一切关切你的人，从你的成功而得到更大的甜蜜。

至于满满，你才读小学四年级，我常为你早熟的思想担忧。五岁的时候，你画的人头已不逊于任何一位姐姐了，六岁的时候，居然能用注音字母拼着编出一本简单的故事，并且还附有插图呢！你常常恃才不好读书，而考试又每每名列前茅。其实，我并不欣赏你这种成功，我希望每一个人都尽自己的力，不管他的才分如何，上天并没有划定一批人，准许他们可以单凭才气而成功。你还有一个严重的缺点，就是好胜心太强，不管是吃的，是穿的，是用的，你从来不肯输给别人，往往为了一句话，竟可以负气忍一顿饿，记得我说你是“气包子”吗？实在和人争并不是一件好事，原来你在姐妹中可以算作最漂亮的一个，可是你自己那副恶煞的神气，把你的美全破坏了。渐渐的，你会明白，所谓美，不是尼龙小蓬裙所能撑起来的，也不是大眼睛和小嘴巴所能凑成的，美是一种说不出的品德，一种说不出的气质。也许现在你还不能体会，将来你终会领悟的。

弟弟，提起你，我不由得振奋了，虽说重男轻女的时代早已过去，但你是我们家唯一的男孩，无论如何，你有着更重要的位置。最近你长胖一点了吧？早几年我们曾打过好几次架，也许再过两年我便打不过你了。在家里，我爱每一个妹妹，但无疑的，我更期望你的成功。

我属蛇,你也属蛇,我们整整差了一个生肖,我盼望一个弟弟,盼望了十二年,我又焉能不偏疼你?当然我的意思并不是说我要对你宽大一点,相反地,我要严严地管你,紧紧盯你,因为,你是唯一继承大统的,你只能成功,不能失败。

我们常爱问你长大后要做什么,你说要沿着一条街盖上几栋五层楼的百货公司,每个姐妹都分一栋,并且还要在阳台上搭一块板子,彼此沟通,大家便可以跳来跳去地玩。你想得真美,弟弟,我很高兴你是这样一个纯真可爱、而又肯为别人着想的小男孩。

你也有缺点的,你太好哭了,缺乏一点男孩子气,或许是姐妹太多的缘故吧?梅姐曾答应你,只要你有一周不哭的纪录,便带你去钓鱼,你却从来办不到,不是太可惜吗?弟弟,我不是反对哭,英雄也是会落泪的,但为了丢失一个水壶而哭,却是毫无道理的啊!人生的路上荆棘多着呢,那些经历将把我们刺得遍体流血,如果你现在不能忍受这一点的不顺,将来你怎能接受人生更多的磨练呢?

最后,小妹妹,和你说话真让我困扰,你太顽皮,太野,你真该和你哥哥调个位置的。记得我小时候,总是梳着光溜溜的辫子,坐在妈妈身边,听七个小矮人的故事,你却爱领着四邻的孩子一同玩泥沙,直弄得混身上下像个小泥人儿,分不出哪是眉毛,哪是脸颊,才回来洗澡。我无法责备你,你总算有一个长处——你长大以后,一定比我活泼,比我勇敢,比我能干。将来的世代,也许必须你这种典型才能适应。

你还小,有很多话我无法让你了解,我只对你说一点,你要听父母和老师的话,听哥哥姐姐的话,其实,做一个听话者比一个施教者是幸福多了,我常期望仍能缩成一个小孩,像你那样,连早晨起来穿几件衣服也不由自己决定,可惜已经不可能了。

我写了这样多,朝阳已经照在我的信笺上了,你们大概都去上学了吧?对了,你们上学的路上,不也有一片稻田吗?你们一定会注意到那新稻的绿,你们会想起你们的姐姐吗?——那生活在另一处绿色天地中的姐姐。那么,我教你们,你们应该仰首对穹苍说:“求天父保佑我们在远方的小姐姐,叫她走路时不会绊脚,睡觉时也不会着凉。”

现在,我且托绿衣人为我带去这封信,等傍晚你们放学回家,它便躺在你们的书桌上了。我希望你们不要抢,只要静静地坐成一个圈儿,由一个人读给大家听。读完之后,我盼望你们中间某个比较聪明的会站起来,望着庭中如盖的绿树,说:

“我知道,我知道小姐姐为什么写这封信给我们,你们看,春天来了,树又绿了,小姐姐要我们也像春天的绿树一样,不停地向上长进呢!”

当我在逆旅中,遥遥地从南来的薰风中辨出这句话,我便要掷下笔,满意地微笑了。

一九六二年二月廿六日

回到家里

去年暑假,我不解事的小妹妹曾悄悄地问起母亲:

“那个小姐姐,她怎么还不回她台北的家呢?”

原来她把我当成客人了,以为我的家在台北。这也难怪,我离家读大学的时候,她才三岁,大概这种年龄的孩子,对于一个每年只在寒、暑假才回来的人,难免要产生“客人”的错觉吧!

这次,我又回来了,回来享受主人的权利,外加客人的尊敬。

三轮车在月光下慢慢地踏着,我也无意催他。在台北想找一个有如此雅兴的车夫,倒也不容易呢。我悠闲地坐在许多件行李中间,望着星空,望着远处的灯光,望着朦胧的夜景,感到一种近乎出世的快乐。

车子行在空旷的柏油路上,月光下那马路显得比平常宽了一倍。浓郁的稻香飘荡着,那醇厚的香气,就像有固着性似的,即使面对着一辆开过来的车子,也不会退却的。

风,有意无意地吹着。忽然,我感到某种极轻柔的东西吹落在我的颈项上,原来是一朵花儿。我认得它,这是从凤凰木上落下来的,那鲜红的花瓣,让人觉得任何树只要拼出血液来凝成这样一点的红色,便足以心力交瘁而死去了。但当我猛然抬首的当儿,却发现每棵树上竟都聚攒着千千万万片的花瓣,在月下闪着璀璨的光与色,这种气派绝不是人间的!我不禁痴痴地望着它们,夜风里不少花瓣都辞枝而落，于是，在我归去的路上便铺上一层豪华美丽的红色地毯了。

车子在一家长着大椿树的院落前面停了下来，我递给他十元，他只找了我五元就想走了；我不说什么，依旧站着不动，于是他又找了我一块钱，我才提着旅行袋走回去。我怎么会上当呢？这是我的家啊！

出来开门的是大妹，她正为大学联考在夜读，其余的人都睡了。我悄悄走入寝室，老三醒了，揉揉眼睛，说：“呀，好漂亮！”便又迷迷糊糊地入梦了。我漂亮吗？我想这到底是回家了，只有在家里，每一个人才都是漂亮的，没有一个妹妹会认为自己的姐姐丑。我有一个朋友，她的妹妹竭力怂动她，想让她去竞选“中国小姐”呢！

第二天我一醒来，柚子树的影子便在纱窗上跳动了，柚子树是我十分喜欢的，即使在不开花的时候，它也散布着一种清洁而芳香的气味。我推枕而起，看到柚子树上居然垂满了新结的柚子，那果实带着一身碧绿，藏在和它同色的叶子里。多么可佩的态度，当它还没有成熟的时候，它便谦逊地隐藏着，一直到它个体大了，果汁充盈了，才肯着上金色的衣服，把自己呈献出来。

这时，我忽然听到母亲的声音，她说：

“你去看看，是谁回来了。”

于是门开了，小妹妹跳了进来。

“啊,小姐姐,小姐姐!”她的小手便开始来拉我了,“起来吃早饭,我的凳子给你坐。”

“坐我的凳子,小姐姐!”不知什么时候,弟弟也来了,我原想多躺一会儿的,实在拗不过他们,只好坐了起来。

“谁要我坐他的凳子,就得给我一毛钱。”我说。

“我有一毛,你坐我的。”弟弟很兴奋地叫起来。

“等一下我有五毛了,你先坐我的,一会就给你。”

我奇怪这两个常在学校里因为成绩优异而得奖的孩子,今天竟连这个问题也搞不清楚了。天下哪有坐别人座位还要收费的道理? 也许因为这是家吧,在家里,许多事和世界上的真理是不大相同的。

刚吃完饭,一部脚踏车倏然停在门前,立刻,地板上便响起一阵赛跑的脚步声。

“这是干什么的?”没有一个人理我,大家都向那个人跑去了。

于是我看到一马当先的小妹妹从那人手里夺过一份报纸,很得意地回来了,其余的人没有抢到,只好作退一步的要求:

“你看完给我吧!”

“再下来就是我。”

“然后是我。”

乱嚷了一阵,他们都回来了,小妹妹很神秘地走进来,一把将报纸塞在我手里。

“给你看,小姐姐。”

我很感动地望着她,原来她拼命似的去抢报,就是为我啊! 以后每天,我便常常享受躺在床上看报的福气。一天早上,她又来了,在我耳旁说着“报纸”。我说:“你拿来吧!”她果真去拿了一包东西放在我枕旁,我坐起来,发现什么报纸也没有。

“你说的报纸呢?”

“我没有说报纸啊!”

“你说了的!”

“我不知道,没有报纸啊!”她傻傻地望着我。

“你刚才到底说什么?”

“那包‘挤’。”她用一根肥肥的指头指着我枕旁的纸包,我打开来一看,是个热腾腾的包子。原来她把“子”说成“挤”了,要是在学校里,老师准会骂她的,但这里是家,她便没有受磨难的必要了,家里每一个人都原谅她,认为等她长大了,牙齿长好了,自然会说清楚的。

我们家里常有许多小客人,这或许是因为我们客厅中没有什么高级装潢的缘故,我们既没有什么古瓶、宫灯或是地毯之类的饰物,当然也就不在乎孩子们近乎野蛮的游戏了，假如别人家里是"高朋满座"的话，我们家里应该是"小朋满座"了。这些小孩每次看到我，总显得有几分畏惧，每当这种时候，我常想，我几乎等于一个客人了，但好心的弟弟每次总能替我解围。

"不要怕，她是我姐姐。"

"她是干什么的？"

"她上学，在台北，是上大学呢！"

"这样大还得上学吗？"

"你这人，"弟弟瞪了他两眼，"大学就是给大孩子上的，你知不知道，大学，你要晓得，那是大学，台北的大学。"

弟弟妹妹多，玩起游戏来是比较容易的。一天，我从客厅里走过，他们正在玩着"扮假家"的游戏，他们各人有一个家，家中各有几个洋娃娃充作孩子，弟弟扮一个医生，面前放着许多瓶瓶罐罐，聊以点缀他寂寞的门庭。我走过的时候他竭力叫住我，请我去看病。

"我没病！"说完我赶快跑了。

于是他又托腮长坐，当他一眼看到老三经过的时候，便跳上前去，一把捉住她。

"来，来，快来看病，今天半价。"

老三当然拼命挣扎，但不知从哪里钻出许多小鬼头，合力拉她，最后这健康的病人，终于坐在那个假医生的诊所里了，看她那一脸愁容，倒像是真的病了呢。做医生的用两条串好的橡皮筋，绑着一个酱油瓶盖，算是听诊器，然后又装模作样地摸了脉，便断定该打盐水针，所谓盐水针，上端是一个高高悬着的水瓶，插了一根空心的塑胶线，下面垂着一枚亮晶晶的大钉子，居然也能把水引出来。他的钉尖刚触到病人的胳臂，她就大声呼号起来，我以为是戳痛了，连忙跑去抢救，却听到她断断续续地说：

“不行，不行，呀，痒死我了。”

打完了针，医生又给她配了一服药，那药原来是一把拌了糖的番石榴片。世界上有这样可爱的药吗？我独自在外的时候，每次病了，总要吃些像毒物一样可怕的药。哦，若是在那时能有这样可爱的医生伴着我，我想，不用打针或吃番石榴片，我的病也会痊愈的。

回家以后，生活极其悠闲，除了读书睡觉外，便是在庭中散步。庭院中有好几棵树，其中最可爱的是芒果树，这是一种不以色取胜的水果，我喜欢它那种极香的气味。

住在宿舍的时候，每次在长廊上读书，往往看到后山上鲜红的“莲雾”。有一次，曹说：“为什么那棵树不生得近一点呢？”事实上，生得近也不行啊，那是属于别人的东西：如果想吃，除了付钱就没有别的法子了，这个世界有太多的法律条文，把所有权划分得清楚极了,谁也不能碰谁的东西,只有在家里,在自己的家里,我才可以任意摘取,不会有人责备我的,我是个主人啊!

回家以后唯一遗憾的,是失去了许多谈得来的朋友,以前我们常在晚餐后促膝谈心的。那时我们的寝室里经常充满了笑声,我常喜欢称他们为我"亲爱的室民",而如今,我所统治的"满室的快乐"都暂时分散了。前天,我为丹寄去一盒芒果,让她也能分享我家居的幸福。家,实在太像一只朴实无华而又饱含着甜汁的芒果呢!

我在等,我想不久她的回信就会来的,她必会告诉我,她家中许多平凡而又动人的故事。我真的这样相信:每个人,当他回到自己家里的时候,一定会为甜蜜和幸福所包围的。

一九六二年七月十三日

圣 火

妹妹：

此刻我刚从你那里回来，夜在这小小的盘谷中真是美得不可名状，当我一路从小径上奔回来的时候，纵然空气中已浮泛着初秋的凉意，但我心中却燃起一堆熊熊的火焰。繁星的微光在天上闪烁着，在小溪里摇晃着，溪水中拌入了糖粒般的星子，想必更甘冽了吧？我真想俯身啜上几口呢！

回到宿舍以后，接到苹的信，她说："代我祝贺你妹妹金榜题名，你是我前所未见的好姐姐。"我当然不敢接受她的恭维，但是听到有一个人祝贺你，我就感到比全世界的人都来祝贺我更快乐。

我太兴奋，兴奋到几乎无法冷静下来的程度，这些日子来你的升学成为我唯一的祈愿，我曾在暗中偷偷地担过忧，如今却能畅畅快快地舒一口气了，再没有一件事比这件事令我更快乐——即使我自己毕业后顺利擢升助教的事。

现在，我就独坐在这间助教寝室里，孤寂中我更能感觉到你的同在。我的手中正捏着一张精美的包装纸，四年了，它原有的鲜艳已经褪去，而今天这里面所包的东西又已经移交给你，只是我仍能感到那沉甸甸的重量，压在我的指间，压在我的心上，使我想起一本智慧之书上面的话："爱之坚强，乃众水所不能熄灭，大水所不能淹没者。"此刻，这种坚强的爱使我的手臂感到一种沉重而庄严的负荷。这爱，使我自觉伟大，也自觉渺小。

你愿意听听这个故事吗？妹妹。这故事比我小时候胡扯的神圣故事要美得多呢！你还记得十几年前我第一次放学回家时曾向你转述了一个巨人的故事吗？嗯，现在我的故事仍是说到一个神奇的巨人，他曾帮助我，当我穿过漫长而阴险的森林，是他把一丛丛多刺的荆棘变成清幽的百合花。

那是四年前的一个夏夜，在那几乎被密生的榕树所遮住的庭园中，一切的行李都整理妥当了。浑圆的门灯悬在檐下，像一颗危颤欲坠的泪球，我迟疑地和母亲说了声再见，便伪装成兴致冲冲的样子，乘车而去。我不敢要人给我送行，自己一路滴着泪，伤心地踏上北驶的火车，当时如果有人曾经留意我，他绝不会从我这副凄惨的颜色中看出我是北上就学去的。

当时，这张精美的花纸已经在我手中了，那是挥别时母亲交给我的。我还记得她温和得像当晚夜色一般的声音，她说："这是两百块，你留着塞在箱子底下，平常不要去动它，万一有病了，就用它来救急。"我把它放在箱子底下，称它为预备金，这是二十张崭新的连号票子，我常常喜欢拿出来看一下，一面很有兴味地想到自己是否真的会生什么大病，脑海里带着兴奋和好奇幻想异乡病榻的滋味。

一年过去了，我生活得健康而愉快，那两百块钱依然不曾少掉一角,后来我偶然在女友瑟的纤指上发现一枚小小的指环,她笑着向我解释:"都是我那老妈妈呢!她怕我一个人在台北说不定早晚就病死啦,所以逼我戴这东西,叫我有急事的时候就拿去卖掉!"

我在她轻松而不经意的笑容中感到一阵心酸,天下父母,何其相似,我匆匆走到那口箱子前面,默默地取出这叠纸币,我感到那薄薄的票子在我眼前倏而幻成一座二十层的爱之高塔,我不禁将它揣在怀中,我的心在无言中深深地膜拜着。

有一次,杨突然病了,我便把这笔款子借给她作急诊用,事后她还我的时候竟也是二十张崭新的连号票子。当她向我表示谢意的时候,我感到极大的喜悦,她说:"我知道你是珍爱它的,所以我也找到了同样的票子来还给你,让你觉得这还是当初你母亲交给你的那一叠。"但我却并不以为仍是原来的那一叠,因为我感到这笔钱已经因着母爱和友爱的缘故有了双重的光辉。

四年来,我除了感冒外就没有生过其他的病,每次病的时候总有朋友们为我料理医药和食物,我病得舒适而安逸——这笔钱一直无法用在病症上了,多么奇妙啊,妹妹,是爱,使我得到这笔钱,是爱,使我保有它。

有时候,当我经济比较拮据的时候,不免要想到那二百块钱,但我从来不敢真的去动用它,每次看着它,总让我想起一些神圣的意义。渐渐地,那钞票的图案褪隐掉了,我几乎已经忘记那是一把可以花用的钱,我只觉得这是一束美丽的小笺,写着母亲对我的期待和眷顾,也写着朋友们对我的关怀与善意。

而今年,你在一番奋斗之后也考取了你所向往的学校,母亲对我说:“你好好地照应她,不要让她像个断了线的风筝。”啊,妹妹,怎么会呢?我是多么甘心做一根坚韧的线,和你紧紧地系在一起,当你高高地挂在青空里,我但愿人人都仰望着你的高度,而忘记这根平直而无奇的线。

如今,我已经能够自立了,我可以有机会赚到很多个两百元,但这笔钱却一直是我最大的财富,今晚,我把这笔财富交给你,并且让它再加上一份姐姐的友谊。当我对你说:“好好收着,不要用,除非有什么意外发生。”我的心中便充满了从母亲那儿学会的爱,刹那之间,我又忆起四年前那个美丽的夏夜,以及母亲亲切的叮咛,一时我竟分不清母亲对我说的话,和我对你说的话,我只感到自己心的山谷中,反复回荡着爱的声音。相信你在接到它的时候,除了感到沉重外,一定感到那份温热——就像在古老的年代中,一个英雄自另一个英雄手中接过一把神圣的火种一样。瞧,妹妹,你的道路何尝不是漫长而危险呢?让我把这火炬放在你的手里,那光和热自会帮助你的——让它如同一个好心肠的巨人,帮助一个小女孩穿过险恶的山岭一样。

你喜欢这故事吗？妹妹。我多么渴望着你平稳地向前走去，当初我一人到台北来的时候，伴着我的只有三箱子书罢了。我独自奋斗着，挣扎着，像红色砂地上的垦荒者，要替自己修出一条路来。而现在，你也来了。如果刚一踏上这陌生的城市，便能在茫茫人海中发现一张熟悉的脸，这多么幸福！你能够有人陪着你，能够得到师长额外的照应，能够顺利地安排好一切，也能够免去许多新生的烦恼，你可曾想到前人的足迹呢？你是否也愿意开始跋涉呢？

我庆幸自己能在你立身之初，助你一臂之力，了我一向的心愿。我曾接受得太多，而今我也把它给你。是的，妹妹，当我将这神圣的火炬交在你手中，我多么希望你也慎重地接住它，让那永不熄灭的圣火燃烧在你心中。或许有一天你也会把这熊熊的爱之火炬递给别人，但那份光热，仍将永远存在你的心中。

一九六二年十月九日

光 环

我不只一次听到别人说我冷漠，说我骄傲，说我盛气凌人，这是他们的偏见吗？或是我自己并不十分了解自己呢？我是否已经树立了许多敌人？我不知道，我只晓得，我是有些朋友的，我只晓得，在我身边还有许多人，认为我并不冷漠，并不骄傲，并且并不盛气凌人——菊如就是其中的一个。

我认识菊如是在四年前的新生训练中，她拖了两条长长的辫子，系着一件格子裙，笑的时候总要加上强调的尾音，让人很自然地也想跟她一起笑，我特别喜欢她那胖墩墩的体型，让人有一种舒泰的感觉。

开学后不久，女孩子们很自然地便混熟了，午饭后我们总是坐在竹林子里面谈天，有一次我们谈到自己的绰号，她说："我小学时就叫小胖，到了初中原来以为可以换掉了，谁知又有人叫我小胖，等升了高中，还是叫小胖。"

"那么，我们沿着前朝旧制吧！"大伙儿便兴奋地决定了。

那时候，班上有十个女孩子，我常喜欢在暗地里仔细评较她们。我发现，她总是拖拖拉拉的，懒懒散散的，仿佛要她修饰一下就会让她头痛十天似的，她从来不矫揉造作，从来不企图让自己更女性化。但是，我终于认定她是最美的。她的脸上永远刻划着一种自然而又含蓄的美，那线条挺秀的鼻梁，那棱角分明的嘴唇，是我从来没有在别的面孔上发现过的——即使有，也不可能配合得像她这么巧妙。她又戴着一副眼镜，显得斯文而秀丽。我常想，如果我有她一半的娟好，如果我有她一半的可爱，那该有多么好！

其实，除了外形的美丽之外，她还有许多更吸引人的地方，我从来没有见过一个人，像她一样和悦、一样讨人喜欢。也从来没有人有她那样惊人的记忆力——居然能够在四十分钟内把《过秦论》背熟——那是我努力了两个晚上仍不能上口的。此外，我每次想起她，总不免要怀念起她的幽默感。并且觉得上帝本来就准许某些人得到较多的东西，他必定是怕那些美好的本质，若是流到其他人的手里，会被糟蹋掉了。我一直相信小胖所以有优异的禀赋，是因为她配得的缘故。我也确信，我们所以能成为好朋友，是因为她的温良，而不是由于我的。

那时候，她是六号，我是七号，我们的座位是如此紧挨着，逐渐地，我们的感情也彼此挨近了。当时，没有宿舍，我们都带便当，往往到十一点钟就忍不住要取一点来充饥了，但她的食量极小，每次总央求我替她吃一块卤蛋或几块豆腐干，我很庆幸自己一直有很好的食欲，能够一直接受她善意的馈赠。有时她也尝尝我便当盒中的鱼片或是素鸡，我们彼此以“酒肉朋友”戏呼对方，往往把局外人搞得莫名其妙。她的家住在台中，每次归省，她总带回一盒凤梨酥给大家享用,我因为是她的“酒肉朋友”,总比别人多分几块。

我们两个人都有一个共同的毛病,就是反应太过灵敏,每次教授的笑话还没讲一半,我们的笑声就忍不住迸了出来,好在我们总是一起笑,还不致被目为怪物,两年后,我们的座位分开了,每次一想笑就得制止住,两个人远远地递个眼色就算了。

我们都不用功,一聊起天来就失去了时间观念,有时候话说完了,两个人相对而视也觉得很有趣。有一次,读了李白的诗,从此就以“相看两不厌,唯有敬亭山”打趣。后来又有一次,我们一起去看一位教授,教授对她说:“如果晓风是男孩子,你嫁给她倒是很相配的。”

“我一直很安于做女孩子。”我对教授说,“不过如果做男孩子而又能娶到这样的太太,我倒很向往。”

当然,我一直没有成为男子,但我们的友谊仍在平静中进行着,那种境界,我总自信比之爱情是毫无逊色的。谁能说澄清的湖水比不上澎湃的汪洋,又有谁能说清冽的香片比不上浓郁的咖啡呢?

她常常做出许多很洒脱的事,颇有点侠士的意味,让我们又诧异,又好笑,却又不得不佩服她的鬼脑筋——我就是喜欢她这种作风,就好像我喜欢读一些跌宕生姿的古文一样。

有一次,是冬天,她刚搬入宿舍不久,那天晚上她从外面回来,便径入我的寝室,我很少看到她那样美丽,她头扎着丝巾,身上是一件奶油色的风衣,脚下则是一双两寸半的高跟鞋。

“去赴约会吗? 难得这副打扮。”

“去买红豆汤,”她把提盒递给我看,“我们寝室里住着几个饿殍呢,我只好去买点东西来救灾。”

“那又何必如此盛装呢?”

“盛装吗?”她大笑起来,把丝巾和风衣取下,立刻,一个寝室都笑倒了,原来丝巾底下包的是她缠满发卷的头发,风衣里面则是一袭睡衣——裤脚管是卷起来的。

当然,她并不是常常戏谑的,唯其因为她经常守着严正的轨迹,所以更见她恶作剧的趣味。我喜欢和她谈到许多庄严的事,那使我感到她同时是我的良师和益友。

我永远不会忘记那天晚上,她坐在我的床沿上,当夜色渐渐深沉,我们的题目也愈谈愈深:

“我只有一次,被一个故事感动哭了,是我姐姐讲给我听的,那天竟然完全控制不住。”她的声音很低,像是直接自心腔里面发出来的——没有经过喉管和舌头。

“告诉我那个故事吧!”

“我要告诉你的,”她望着我,目光深沉,“我姐姐有一个同学,一个很好的女孩子,她一面读书,一面做事,她的母亲是个没知没识的人，她们全家几乎都是靠她撑着，后来她考取了留美，到处去辞行，她母亲总跟着她，当她女儿和别人谈话的时候，她总带着近乎崇敬的意味呆呆地朝着她，一直到上船的那一天，她把女儿送到船上，当汽笛鸣起的时候，那妇人忽然抖着双臂哭喊道：'妈妈跟你讲的话记不记得呀……'"

不知为什么，我也忍不住地哭了。

"你怎么了？"她问我，但她自己也在抹眼睛。

"我忍不住，真奇怪，这样平凡的故事我也忍不住。"

黑暗里我们相对垂泪，之后我们又为自己的脆弱感到很腼腆，我们曾把这故事告诉几个其他的同学，他们却似乎毫无所动。

毕业考的前一周是我们最用功的阶段，我们两个常一起开夜车，但多半的时候刚过十二点就困得像醉鬼一样相扶着回寝室睡觉了。毕业考过后，我们又忙着办各种典礼中的行头，每天不是我试衣服给她看，就是她试鞋子给我看，许多低年级的同学在一边凑热闹，兴奋得不得了。她们看到的只是漂亮的白旗袍，只是精工的披肩与手套，只是耀眼的耳环与项链，只是新颖的鞋子与皮包，她们何尝看到我们心里的伤感，心里的忧感，心里的怅惘以及心里的茫然。

记得那是毕业典礼的头一个晚上，一切该办的都办齐了，寝室里的灯也熄灭，我坐在她的上层铺位上，两个人居然一点睡意也没有。

“我总觉得我们才刚混熟，”她说，“就要分手了。”

我不敢接腔，怕把谈话带得更凄凉了。可是，我们的沉默却仍是凄凉的。唉，人和人之间的缘分竟是这样薄吗？竟是这样薄吗？

第二天早晨她修饰得很美，其实二年级以后她的体重就直线下降，许多后期的同学竟不知道何以她会被称为小胖。她以内在的美烘托着外形的美，使她看起来焕发极了。那天，她在掌声中走上台去，代表全系的毕业生接受文凭，如果不是限于会场中的秩序，我想我会跳起来握住她的手，祝贺她得到优异的学业成绩。但转念之间我又觉得该祝贺她的并不是在毕业的一霎，而是四年中每一个日子——因为她每天都是一个打胜仗的战士，而所祝贺于她的也不该仅仅是学业上的成功——更是她整个为人处事的成功。

毕业后我常和她通讯，我称她为“菊如女史”，她也常称我的号，并且加上“词长”，与她通信和与她谈话有同样的乐趣，她永远知道怎样使自己和别人的生活都轻松愉快。不久，她找到一份很理想的工作，离家近，待遇也好，我相信她会做得很称职。其实，与其说她得到工作很幸运，不如说那工作得到她很幸运，她天生是一撮盐，能使整个环境因而变得有滋味。后来，我的工作也固定了，是留在原校服务，我很兴奋地告诉三个最知己的朋友——小胖是其中的一个。

我们都开始进入办公室的生活，我感到又惶恐又怯惧，不知该如何做。我一直遗憾的是她只住过一年宿舍,否则我必会从她那里多感染一点美好的德性,使我的人生更饱满,更圆熟。但如今,我感到自己像一只乡下老鼠,乍然跑到城市里去,被红灯、绿灯、斑马线以及棋盘式的街道弄昏了,我只有继续和她写信,盼望她给我一点指引。

有一天晚上,丹到我的寝室来。

"今天晚上我听见别人在讨论你。"

"哦?"

"有一点不妙呢!"

"是吗?"我放下笔。

"他们说,你很骄傲,"她有一点激动了,"又说你对人很凶,一点不徇情面,说话总是恶声恶气的,是真的吗?"

"你想是真的吗?"

"他们说,曾经看过你把毛衣披在肩上——不像个学中文的。"

"他们还说,某一篇文章是你写的——里面尽是贬人的话。"

"哦?我自己还不晓得我曾写过呢!"

"他们还说,说你好像很会用手腕,你所有的成就都是靠耍手法弄来的……"

我没有什么反应,我平静的程度让我自己都有点惊奇。

"我自己知道我的路,"我对丹说,"我走的是正路还是邪路,那是人人都可以看得到的，我的心很平安，我不打算知道是哪些人，也不想和他们争辩。”

“你真的不生气吗?”丹终于叫了起来，“害我还替你生气呢，我告诉你吧，他们还说呢，说你一得到职位就写信告诉小胖，他们说你是故意向她示威，向她显耀……”

“什么，他们为什么想得这样卑鄙?”

这一次我生气了，我能忍受别人对我的污蔑，但他们凭什么要糟蹋我们的友谊呢？我是个沉不住气的人，第二天我就写信告诉我可敬的朋友，当我把信投入邮筒，空泛的心中便响起一位老教授讲的话，他说：“处在今天的世代里，我们何啻是举目无亲呢？我们简直是举目皆敌啊!”我永远记得他眼神中苍老而凄凉的意味，而此刻，我虽未老去，却已感染到那份凄凉了。那几天我一直在焦灼与痛苦中等着她的回信。她的信很快就回来了，我在寒冷的寝室中展读它，风雨把玻璃敲得很响，但我仿佛听到她亲切温润的声音，从风雨那边传过来，并且压过了风雨：

晓风：

上次来信问我读书和做人的心得，我想了很久，书，近来很少读，似乎无心得可言。谈到做人，我就不得不改变以往对读书头痛的偏见。的确，以前我们一直都幼稚地以为读书是世界上最痛苦的事，而今初入社会，无端的我们竟也被卷入了是非圈，对于这些我已有足够的容忍量，诚如你说，自古以来谁能不遭毁谤，至于别人所说关于你我之间的闲言，我还是从你处得知的，但愿我们都置若罔闻，就让它自生自灭吧！

人之相知，贵相知心，我们的友谊早已在四年前的便当上奠了深厚的基础(一笑)，如今岂能容宵小谗言破坏于一旦，不要再为这些恼火了。

何时作台中之行，一定准备麻油鸡以飨远方人……

我低下头，心中好像有一万种复杂的情感需要表达，却又好像不再具有一缕累人的思绪了。啊，为什么我这样低估她的友谊呢，她是了解我的，我还需要什么呢？让所有的人误会我吧，她是了解我的！我感到一种甜蜜，一种骄傲，一种恬远的自足。

偶低首，我看见她送给我的蝶形别针，正扣在襟上，我的心也禁不住地默然鼓翼了。其实，友谊的本身就是最美的馈赠了，它将永远罩在我的头上，像远古的世纪里，戴在圣徒头上的光环，又像在漆黑的冬月之夜里，缭绕在土星四围的光环。啊，小胖，小胖，多么盼望在睡梦中也能化为蝴蝶，在这般风雨的夜里，去探探我久违的故人。

山　路

清溪居主人：

今晚陈来，劈头就问我你的名字，我告诉她，她提高了声音叫一句："他死了！"

"你吓我。"我倒退了一步，牢牢地盯着她看，希望从她脸上看出一些开玩笑的痕迹。但是，没有。她斩定地说："死了，被学生气得自杀了，你去看报。"

我站在原来的地方，寒冷自我的心头升起，刘昨天还和我谈到你。而现在，你已不属于这个世界了。是你不要这个世界呢？还是这世界不要你？

我们同过学，你比我高届，我从没有和你说过话，每天看到你们，总羡慕你们比我们大一些，多懂一些，对于国学修养也深入一些。我总羡慕你们能做那样潇洒的诗，填那样美丽的词。而现在我们相继毕了业，你仍然又走到我们前头。你，一个人，孤零零地挟着你的琴，步入那扇黑暗的门。

以前你们班上的湘常回来和我们提到你，你那些富有传奇性的故事我们都耳熟能详。譬如说，你那些从来不洗的袜子，那支仅有三根毛的牙刷，那条形同抹布的面巾，常常成为我们笑谈的资料。后来她又把你指给我们看，我生平没有见过一个像你那样不修边幅的人。至今我仍然记得你，那样短而参差的头发，时而罩在一顶不成形的帽子里，帽沿几乎压住了眼睛。黄卡其的制服常是皱的，脚上的球鞋常是脏的，脖子总是缩在衣领里，几本线装书总是包在一块破布里。我常看到你跨下脚踏车，慢慢地摇着步子走向课室，你那样孤傲，从来不在意是否有人谈论你。而今天，你也是这样去了。这一次，你是赶去修哪一门课程呢？你走了，你留下是是非非由他人去评论。你只是尽你的力气，走了你所能走的路。啊，清溪居主人，你总是和我们不同，你总是做我们不懂的事。你原是个极浑沌的人，为什么偏偏知识把你变得聪明、忧郁而又悲观？当小丑出场的时候，如果众人都笑，你也傻笑好了，为什么你偏偏要想起他面具后面的泪痕？

后来我知道你能拉一手好提琴。你住在离校不远的一所客寓里，常常沿溪试琴，你称那所租来的房子为“清溪居”。那一次，你们全班到我们宿舍来玩，大家都坐着吃东西、聊天。独有你一人，站在房角落的地方，拉着那首《梦幻曲》。你爱拉《梦幻曲》。这样凄恻的调子，常让我感到，在你和听众之中有一段长长的路。你站在路那边，这里的灯光与欢笑在你看来是无价值的。是什么凄怆的种子在你心中发了芽呢？为何你的琴韵里常透露着那样沉重的悲哀？啊，清溪居主人，我们生长在怎样的一个世代里，难道这世代的悲剧性还不够吗？你又何苦用文学与音乐来加强它的效果呢？

你受完军训后，刚好轮到我毕业，我们是同时踏入社会的。我们一同去赴一场艰苦的战争，为什么，为什么你竟先倒下去呢？我们的手里没有兵器，我们的身上没有防卫，敌人竟这样容易胜过我们！

如果不是你的好友刘和我同事，我也许会忘记你，就像我忘记其他人一样。但他常和我提起你，你那份洒脱，那份豪情，让我暗暗向往。

他告诉我，你毕业后立志不在公家机关做事，为的是不愿被一天八小时的办公时间捆绑，但其他的事也多半要受点管制的。你天生是一片闲云，一只野鹤，要拘住你是不可能的。我又想起你所自撰的一个外号“青牛子”，啊，而今你当真在暮色苍茫中，步出函谷关去了，关外又是怎样的一个世界呢？那里难道就自在了吗？

刘又告诉我，你家中还有些田产，所以你也就干脆赋闲了。我们多么羡慕你，如果我们的家中也有一份田产，如果我们也可以不虞衣食，我们又何尝愿意离乡背井在外面打天下呢？我们何尝不向往一间小小的书斋，里面常常传出提琴的颤音呢？和你相比，我们都成了俗人。这世代原来不准许人不俗的。

有时候，我们的助教办公室中没有别人，刘就把你的理想述说给我听：

“他母亲说，反正他们家并不需要他多挣一份钱，不做事也就罢了。”

“他一辈子都不打算做事吗?”

“他不打算,他常说,世界不知在哪一刻就毁灭了,何苦来去钻营呢?”

啊,清溪居主人,我也感到你的悲哀了,我们人类究竟被包围在怎样的环境中,竟对自己所居住的地方也失去了信心?

“他母亲讲,”刘继续和我说,“过两年要卖掉一部分相思林,给他起一栋房子。”

“啊!自己盖起房子吗?”

“嗯,他说他要自己设计图样,买一块靠近小溪的地方,屋子就依水而建。屋子分为上下两层,里面要有一个音乐沙龙,此外有卧房、饭厅、书房,并且要特别设计两个客厅,都装着电唱机。如果是不相投的朋友来了,便请他在外面的客厅里坐两分钟,放些时下流行的歌曲听听就算了。如果是知己的朋友,便延入里面的客厅,那客厅要完全采用中式布置,挂些极美的字画,客人一来就沏上浓浓的好茶,打开古典音乐,如果高兴起来,就竟夜畅谈。”

“你们聊过吗?”

“当然,简直不知道为什么一见面就有那么多话,我们纵论古今人物,天下大事,嗨,痛快极了!”

“他的客厅,那间特别的客厅,”我眼巴巴地望着他,“准不准女孩子进去呢?”

“当然,我可以去跟他说。”

我心里充满兴奋。多么盼望有一天,我能循着溪水,循着琴声找到你新落成的清溪居,在那挂着字画的客厅里,纵论千古人物。

这两天刘又和我提起你,说你被请去教书,教书原是自由的,我们多半走了这条路。但你仍然不能适应,学生程度太差,你想辞去,要刘“火速”替你找一位代理教员。刘还没有能尽职,你却先去了。啊,清溪居主人,即或有一个人能代替你的教席,你生命的空缺却又由谁递补呢?芸芸众生,叫我们到何处去找一个完全像你的人呢?

你给刘的信我看过,你说:“前得手书,观子恹恹,弟可谓感慨同之。人生之苦,窭为甚焉。此陶彭泽所以永叹者也。然先贤每有安贫之劝,又当何说,其为道功之坚乎?弟今亦效颦为人师者,顾学殖不坚,不免战战,所谓书到用时方恨少,事非经过不知难,可为后来者戒。”清畅的行文中,我看出你隐隐的悲愤。刘也给你写了回信,其中一句:“书至此,恨未得故人来访,一曲琴音泄万古忧怀。”而今,信还未曾寄出,你便出发到另一个幽冥的国度去了。叫他的信往何处投递呢?一曲琴音,既成绝响,万古忧怀,何处以托?

你自杀的消息登在一块不显著的位置上,还不及半个巴掌大,你果真是为了几个顽劣的学生吗?或是有我们所不了解的痛苦呢?

唉,这世界太大,发生的事也太多,你的殒灭似乎并不足以引起任何人的注意。你生平未曾贪求一点名利,如今连死也是沉默的。你消逝了,世界却仍旧存在,报纸每天依然以宽大的篇幅登载娱乐广告,吃喝嫁娶依然进行。啊,这并不像一个即将毁灭的世界,那么你又为何急急离去呢?你同班的同学中有三个在研究所,两个做助教,四五个教中学生,另外在其他机关服务的也有。每个人都兴致勃勃的,独有你选择了这样奇特的一条路。我想起梵·高有一幅画的题名是:《为什么独有一个女人这样绝望?》啊,清溪居主人,你也绝望吗?我们的世界竟是这样不值吗?我总想着你,穿一身不合时宜的衣衫,远远地站在众人之外,站在喧哗的声音之外,奏着你的《梦幻曲》。啊,清溪居主人,在你和众人之中,必有一种是愚者。

今天一晚上我感到异样的难过,很想把这事转述给朋友听,好让我的担子减轻些。但认识你的人本不多,这些人又多半毕业了。低年级的学生更不认识你了,我去向谁说呢?原来相聚在一起的人,要散开竟是这样容易啊!我们的生命是什么呢?是一阕无法捕捉的《梦幻曲》吗?

白看见我叹息,就仰起头来问我:

“晓风,人生若不是为了信仰,又还剩下什么呢?”

我答不出来,我只能说:

“若是没有信仰,我再也想不出其他的意义了。”

清溪居主人啊!这条路你是怎样走过来的呢?你没有信仰,没有依靠,独自摸索着一条寂寞的路。你厌恶名,厌恶利,厌恶世间的繁华,最后你也厌恶了生命,那么,现在你还有所恶吗?

白拿了一张高山雪景来给我看,但我还是不能忘记你,忘记忧愁。在这春寒料峭的季节,你的灵魂依傍于何处呢?我看那雪景,看那迂回的山路,我就想到你。你的生命不也正迷失在这样一个寒冷、灰白、而又崎岖多险的山路上吗?你是失足于哪一个低谷中的呢?

春天已至,春花染遍春山,溪水流过密密的相思林。人间的繁华将依旧,人类仍懵懵懂懂地活下去。《梦幻曲》必会继续被奏。但,我们去哪里寻一人,代替你的席次呢?

一九六三年十二月

另一张考卷

有一次,我和一个乡下女人聊天,她对我说:

"你要晓得,我们头家是做木工的,做一天工才只有八十块钱。"

"八十块!"我叫了起来,"我坐一天办公室才只有四十块钱!"

"哇!"她也叫起来,"你不能这样比,你是个女孩子,女孩子只好算半个工的,能拿到四十块就不错了。"

她说得义正词严,我只好不讲话了——但我不晓得,如果她知道我们办公室里的男士们也和我同等待遇的话,她会怎么说。

从教室到办公室,把课桌换成办公桌,对我而言是一件新鲜而有趣的事。或许,真如那个女人所说的,我的才干与能力只及半个工,但是,我知道,我从这份工作所领受的报酬却远超过一个工。我一直记得某位师母指着她的儿子对我讲的话,她说:"我那孩子,刚撞进社会,什么都不懂,替人家做事等于去学点做人处事的道理,你看,去学东西不要缴学费我已经够满意了,居然还能领薪水,倒真是意外的收入呢!"是的,坐在一间宽大、明亮而又不需缴费的教室里继续学习,对一个刚出学校的年轻人而言,总算是一件幸运的事了。

记得那是去年八月间的一个黄昏,我坐在系主任的客厅里,他对我说:"你来吧!"在那一霎间,我的心中突然塞满了复杂的感情,我知道,在这样简单的一句话里,决定了许多东西。我仿佛又回到幼年时,站在一堆蠕动的青蚕面前,指定其中一条说:"这是我的。"我不知道那条蚕会长到多大。它是否会吐丝？那丝有多长呢？它是否光泽柔软？那些事曾经令我的小脑袋忧虑过。而此刻，我的职业被决定了，我前面的路被一只神秘的手拓开了，这将是怎样的一条路呢？想到陌生的未来，我在兴奋中不免感到惧怕。

九月，那时学校尚未注册，我第一次坐在办公室，整理一些零碎的东西，突然有学生在门口大叫了一声“老师”，仓促间我吓得双手停止动作，抬眼四顾，室中只有我一人，我知道不是叫别人了，只好挺直腰，应了一声：“进来！”心中却不免有点抱怨。

“你，你是新生吗？”

“不，我二年级了。”

我很想告诉他，他对我的称呼和口气已把我吓了一跳，但是看他的神色，又分明是我把他吓了一跳。原来我们都一样紧张。

从此以后，学生叫我的名称就层出不穷了，比较相熟的高年级同学都叫我名字，有的人叫助教，有的人叫老师，一年级的孩子们有时糊里糊涂地竟会喊出教授来，弄得我手足无措。其实我还不至好为人师，除了闻道的先后有异，术业的专攻有异，我何尝有什么值得夸耀于人的？

中文系的助教往往容易给人一种悠闲的错觉，其实“国文”是全校一、二年级的共同必修科，作业和考试的批改是绝对不容许我们闲

下来的。尤其改作文,是一项极吃力的工作。有一次,我正在逐字推敲的时候,一位先生走过来,笑道:

“这是报应,你以前也曾如此害过你的老师!”

“我不曾害谁。”我反驳道。

“假如你没有害到大学教授,你总害过中学教员,假如你没害过中学教员,就一定害过小学老师,对不对?你也不是生下来就通文理的。”

突然,我感到一种神圣的意义,我仿佛看到这些学生们,有一天也要离开学校,去帮助别人。而那些被帮助的人,又会出去帮助更多更多的人。知识的施与受是怎样奇妙!

其实,我只是代教授批改文章,应该没有下评语的权力,但有两次,我忍不住要写些话。其中有一个女孩子是因为母亲早逝,不愿看着姐姐独自担当家务,而准备休学;另一个则是寒假结束后接到母亲遽逝的电报,心伤几摧。我在文章后面写了几句安慰鼓励的话,如果我能给别人一点光,一点温暖,我为什么要吝啬呢?我多么希望我所能给予学生的,不仅是错字的纠正,不仅是句法调动,不仅是文采的润饰,而是爱的连系。进一步说,我们的生命何尝不是一篇充满缺点的文章呢?肯纠正别人错误固然不容易,能同情别人的痛苦尤其困难。因此,我愿意自己有一根严正的指头,但我更愿意自己有一副慈爱的眼神。

从前,在我做学生的时候,总以为做了师长就应该无所不知,总觉得答不出别人的问题是一件可耻的事。及至我做了助教以后,才发现许多学者,在他本身所研究的范围内,仍有许多不能答复的问题。真理原是无涯的海,人类不过是在沙滩上拣取贝壳的小童。因此,每次有学生执书而来的时候,我总坦然地接在手里,我知道,即使万一我不能指导他的问题,我诚实的态度仍能指导他一些做人和为学的道理。

身为一个助教,除了课业上的义务外,还有行政上的责任,每学期注册,总是我们最忙的时候。学分的计算、主修科和选修科的安排,常让我们绞尽脑汁。但我们一点不敢松懈,因为我们晓得,偶尔的疏忽往往要让学生多花一年的时间。现在有几个家庭能够很裕如地供应子女一年的学费和宿费?

我希望每一个学生在四年中完成他的学业,我不希望他们因不慎而拖延,更不希望他们因金钱而辍学。

记得那一次,我有事到院长室去,他正在对一个学生说话:

"读书,不一定要花很多的钱,我读大学就完全是靠自己。"

她看见我进去,便说道:

"这位,是你们的助教,她的家庭并不富有,但她也毕业了,并且做了助教,她进来,恰巧给你一个证明。”

“读下去!”我走近那学生,我的心潮起伏,不知该怎样劝他,“你必须读下去,你总会有办法的。”

学校里有一种分期付学费的办法,但必须由教职员作保人,每次有学生来请求我签名的时候,我总仿佛看到当日我自己的影子。我明知道,如果到时候有一个学生不缴款,我就必须扣去一个月的薪水,但我还是签了,我宁愿信任他们。当学生告谢而去的时候,我的眼中充满了泪水,我很想告诉他们不必感谢我,我们都在登一座险峻的山峰,前面的人既已拉着我的手,我又怎能空着另一只手,不去搀扶别人呢?

我从来不觉得我是一个比别人更好的人,我所以体谅学生的痛苦,同情学生的困难,是因为我也曾经作了十几年的学生,并且我放下学生月票还不到一年呢!每次当我在熟悉的校园里独步,当我在课室的老位子上旁听,当我梦见考场里的紧张气氛,当我在福利社里享受一碗廉价的红豆汤,我就不禁浑然忘身,以为自己仍是一个学生。因此,很自然地,我对学生总是宽大的,只要是在可能的范围内,我总希望去帮助他们。

只有一件事,我一点不肯苟且,那就是考试作弊的事!我并不十分重视由考试所鉴定的成绩,但在我所站立的范围中,我绝不容许有舞弊的事情发生。我绝不能忍受一部分人在那里伏案苦思,而另一部分人在那里顾盼抄袭。我痛恨那种混学分的态度,我痛恨那种不顾羞耻的行为,一个人如果读到大学,对于取舍之分还弄不清楚,他所受的教育无非帮助他做一个更体面的小人罢了。我从不相信青年人的牢骚经,我从不相信将来他们能在腐败的社会中作一个廉洁的君子——除非他在考场中是正直的学生。

我很知道,我这样的作风难免会让学生不满,每次当我巡考完毕,疲乏不堪地坐在办公室中,我就仿佛能够想象学生们怨怒的声音,我扶头而坐,低声自问:

“我,我是何苦来呢?”

这时,我的视线往往会触及玻璃垫下那张百合花的图片,那莹白的色泽,那高洁的神韵,常让我领略到一种超然的意境。在图片上端有一小行英文字:“——我恒与你同在。”这时,我仿佛在幽谷中嗅到沁人的香气,我的心中充满欢欣——一种揉合着不被了解之痛苦的欢欣。因为我知,我也确信,我生命的主宰永远站在我身旁,对我说:

“你并没有做错,批评是免不了的,误解也是必需的,荆棘和蒺藜是必然的——只是,在这一切的痛苦中,我恒与你同在。”

当然,在这个社会中,我绝不是个重要的角色,我的努力不会给世界带来太大的改变,但是,我仍然敬重自己的职分——我活在世上一天,总希望这世界比失去我要好些。

有一次,某位低年级的同学把我介绍给他父亲。

“我很早就听说你了,”他很诚恳地说,“我这孩子有个好处,她很肯受教,你指点指点她。”

那时,我恍惚听到无数家长的声音,向我复述着这样一句话。我知道他们绝不是对我说的,他们是向我神圣的职位说的。尽管我没有才学、没有能力,但我警惕着自己,当我正年轻,当我还有一颗火热的心,还有一派真挚的情感,我应该放在学生身上。

和大多数的朋友相比,我的待遇是比较微薄的。但我当初所以乐意从事于此,是希望多有机会和书本亲近,多有机会领受师长的训诲。如今,这一切都得到了,我还奢望什么呢?

偶尔在熄灯之后,就着走廊的灯光看几行未竟的书,便有好奇的学生来问我:

“你已经不要考试了,为什么还要读书呢?”

我不要考试了吗?我还要考的,我还有许多学分,都必须一一修满,在人生的大试卷前,我的手不容许有歇息的机会。前几天,我在学生的考题上发现一行字:“俗体简写,涂改勾勒,一律扣分。”我的心中忽有所触,便把它抄在我的小记事本上。是的,有一天,我也要呈上我的试卷。我但愿这份试卷清洁而整齐,没有一笔是苟且的,没有一个字是错误的，没有一句话是荒谬的，我但愿自己为这张考卷所持的一切诚实，所尽的一切努力，能使我自己满意，能使我人生的主试者满意。

一九六三年五月十一日

霜 橘

玖：

很多日子以来一直在盘算着要写封信给你。或许就因为太慎重,反而使我不敢着笔了。记得夏天时我们曾有过一夕长谈,而现在已是萧瑟的冬日了。那时候,你手里拿着一本书,书里夹着许多花瓣儿,而今呢?你的本子里却又夹着些什么呢?可否就把我这封信当作一片小小的落英?让它夹在一本看不见的版册中。当你翻阅时,它就在不经意的一瞥中怡悦你。

现在,我还能记得那夜我们在校园里。夜很深,到处都是露水。我们只好站着,绕一池睡莲漫步,你对我谈到你的痛苦,我谛听着,忽然想起一位长者的话——痛苦,是这世界的土产——玖,如果你原谅我的话,我要说,我在你的痛苦里意味出幸福的成分。玖,你想,一个年轻美丽而又聪明无虞的女孩子,在诗意的月夜里,诉说一种诗意的痛苦。严格地说,那又算什么呢?

你曾否想象过漫天烽火的战场,在那里,最悲惨的屠杀正进行着。许多母亲的儿子,许多妻子的丈夫在血泊中栽倒,他们的尸身在腐烂、生虫。你曾否目睹令人心酸的孤儿,在饥寒中啼哭,不知命运要为他安排一个痛苦的死亡或是一个痛苦的生存。你曾否进入许多不蔽风雨的屋子,那里有贫病交迫的一家在痛苦中残喘苟活。你曾否遇见许多饱学之士,竟至于穷途潦倒,三餐不继,抑郁终生。玖,你知道吗？我敢说，你简直忘了世界上还有那一等人，或者，你根本没想过那种惊心动魄的痛苦，那种深沉的、恨不得撕裂自己的痛苦。因为你太年轻，太不经事，你只知道闲愁闷气，你根本什么都没有了解啊！

当然你可以赌气，说，“我情愿像他们，我情愿死，我也不要像我自己。”但，我告诉你，如果我在未来的年代中，不蒙受贫穷、病痛、死亡、离别、顿蹇的阴影，而单单只受你所受的那种痛苦，我就要说，我是幸福的了。

现在，且把你所谓的误会欺诈和谗言也算作一种痛苦吧，果真如此，你也不算孤单，只要是人，没有一位不曾被恶言中伤过的——即便是神，也不能免于诟骂。记得那个古老的故事吗？在伊甸园里蛇怎样向夏娃进攻呢？他毁谤上帝——他成功了，错误的历史便以此为起点而写下去。你翻开课本看看吧！苏格拉底被认为是蛊惑青年的罪人，终于在群众面前饮鸩而死，有谁知道他寻求真理的诚实？孔子被误会作求官的政客，甚至隐士们也用暧昧的话讽劝他，有谁了解他“知其不可而为之”的热忱？耶稣被人控告为煽惑群众的暴动者，被悬挂在强盗中间钉死，有谁体会他舍身救人的苦心？人类史上充满荒谬的例子。人们永远虐待着伟大的先知先见，直到他们尸骨成灰的时候，人们的子孙才开始推崇他，为他修建美丽的坟墓。玖，所以每当有人嘲消我，有意无意地用言语伤害我，我总是沉静下来，心里充满神圣而肃穆的感觉。玖，当我身受先圣们痛苦的一部分，当我戴上这顶曾经刺伤过他们的荆棘冠，我就觉得我更接近他们，更像他们，更分沾了他们的荣耀。

玖，如果我们真能了解一点人生，好好去揣测一点人性，我们就知道，我们没有资格不被批评，既然比我们伟大、比我们圣洁的人都曾受人误会、被人毁谤，我们又凭什么希望能幸免？我们生存在一群以闲话为副食品的人中，注定了就要成为话题的。那么，又何足介意？我小的时候，有人向我解释长舌妇的意义，总以为造谣生事的都是女人，其实男人也会如此的。古来，在皇帝面前进谗言的宦官奸臣都不是女人，而比较高雅有修养的男士，虽然不议论时人，却免不了要转个目标论断古人一番的。把历代人物是非拨过来、讲过去，无非只想发泄一下。所以，当他们得意的时候，当他们不得意的时候，乃至当他们无聊的时候，总不免要谈论人的——尤其是谈论女孩子。玖，你又怎能厚非他们呢？他们连自己做了什么也不晓得呢！

当然，人之论人难免有伤敦厚的地方，而且大多数的时候也有失真实。这有什么办法呢？人心不古，由来已久，而且我怀疑大概从来也没有“古”过。此外，即使别人无心造谣，无心轻薄，但是由于不充分的了解，总难免说些令人伤心的话。人何尝了解别人呢？许多艺术家在生前被视为疯狂,死后却又被奉为天纵之才,他们精心的杰作早已湮没,随手画在桶底的画儿却能价值连城——他们何尝被了解呢?又有许多文人在饿死了好些年以后忽然被人传诵了,但传诵的却又是些什么呢?陆放翁题诗无数,被人喜好的却是《钗头凤》一词。李义山空灵哀艳为晚唐诗宗,人们却只爱猜测那几首无题诗是送给谁的——他们又何尝被认识呢?至于一首《菩萨蛮》是否李白所写,千年来不知经过多少议论。一首《生查子》把朱淑真弄得身败名裂,却又有人说作者其实是欧阳修。人们何尝能了解事实的真相呢?人们何尝知道别人的深度呢?他们只是凭一时喜好,想怎样说就怎样说罢了。连昭然有名的历史人物,连堂堂正正的学术问题,他们也任意评说,那么,你我又算什么呢?

其实人们何止不了解别人呢?人连自己也很少了解的。泰戈尔说:“人不能看到自己,你看见的只是自己的影子。”真的,我们只看到一个经过整修和装饰的影子。那么,又何必一定要苛求别人了解我们,用丝毫不差的尺度衡量我们?而且,玖,想想吧,在这个悲惨的世代里有多少悲惨的命运。对于伤风的人,你总会原谅他打喷嚏的。那么,如果你能体恤一些痛苦烦躁而病态的心灵,你就不再介意他的毁谤了。玖,他是不得已的。他又何尝不希望做一个快乐的人呢?他何尝不明白说人闲话的无聊呢?他是身不由己的。如果你我站在他所立的地位上，处在他所受的煎熬中，玖，也许我们比他更坏上无数倍呢！所以，玖，原谅别人总是对的。饶恕是光，在肯饶恕的地方就有光明和欢愉。在黑茫茫的旷野中，饶恕如灯——先将自己的小屋照得通亮，然后又及于他人。玖，你的窗内常散出柔和的灯光吗？

再者，往宽慰的地方想，你可以用那个父子骑驴的故事——反正你怎么做都不会令所有的人满意的。那么，就漠视那些不值一顾的挑剔话吧！如果我们企图努力圆滑、努力迎合每一个人，那又何苦呢？我们的父母不是为那些人而养育我们的。我们生存在世，自有我们独立的意义，我们做我们认为合宜的事，我们想我们认为正确的思想，我们只对上帝负责。

当然，很可能有时候错误确实在我。那又何妨呢？一个能承认错误的人绝对比论断错误的人高贵。我曾自一本书上看到一段话，令我终生不忘。当那位作者因为愤慨别人对他的不当批评而致信友人，她的朋友竟这样回复她："如果我听到有人这样讲我，我就要说：'是啊！朋友，但你说得还不到我一半坏呢！'"玖，如果我们不过分自高，我们将会发现我们并不如自己所想象的那么完善，那么无懈可击。人活在世上如果只有爱护我们的朋友，而没有菲薄我们的敌人，未始不是一种危险呢！

那么，综合看来，批评到底给了我们什么伤害呢？什么也没有啊！如果我们是被冤枉的，我们仍然有心安理得的快乐。如果我们真正错了，也正可闻过而喜。如果我们的名誉被破坏，以致某些人冷落我们，那就罢了，因为那些人本来就不是我的朋友。至于我们真正的朋友，如果听到了那些言语，反而会更爱护我们，更护卫我们的。事实和时间会说明一切。将来我们这一代都要过去，都要成为陈迹。在悠久漫长的光年宇宙里，我们小小的闲愁闷气显得可怜而又可笑。

既然如此，玖，对我们来说没有一件事是不好的，没有一件事的发生是不值得快乐的，当台风过境后不要说："我失去我的剑兰了。"你可以说："我有一个好机会清扫我的院子了，否则的话我也许永远想不起来这件事。"如果你丢失了十块钱，不要叹息你破了财，你仍然可以快活地说："多么好，让我得到一个必须要谨慎的教训，这个教训比许多金子都宝贵呢！如果我现在不曾学会谨慎，也许将来我会因此丢掉我的性命呢！"所以，当谣言弥漫的时候，不要认为你将受害了，你仍能因此受益的。不要躲避那块粗砺的石头，如果你敢于正视它、剖析它，或许你可以从其中得到意想不到的璧玉呢！

记得好些年前，我偶然看到一本很有名的字帖。那是王羲之的《橘帖》。使我为之神驰良久，那上面的字句极美："奉橘三百枚，霜未降，未可多得。"我极喜欢那古意盎然的旧纸。那飘潇自如的字体。但渐渐地，我更欣赏那简捷的文句，向往那份淡远的友谊。

而如今,年事渐长,我开始领悟一种更深的意义了。那是一个假日的下午,我坐在一位教授家中一面谈天,一面剥着橘子。他吃了一口,对我说:“不甜,现在还没有降霜,橘子是不会甜的。”我就忽然想起王羲之的《橘帖》来了,又想起我自己。更觉得我所有的果实都还是生硬而酸涩的。因为我们太少有经历,太少有折磨了。我们太脆弱,我们简直不配承受霜雪。

玖,在这草木零落的季节,我的心禁不住要反复地想着那甘甜多汁的霜橘。玖,何不把某些令你不快的遭遇视作薄薄的飞霜呢?霜降以后,我们生命中每一颗果实都会成为饱满而甜蜜的了。

晨星寥落,天是快要亮了。浓雾在窗外牵扯着,拥挤着,似乎要破窗而入。玖,经验告诉我,早晨有雾的日子必然是晴天。我的心突然兴奋起来,今天一定是个多阳光的日子了!玖,我愿我早期的生命中也充满瞬息即散的浓雾——这种迷离和寒冷是可以忍受的,因为光耀而漫长的白昼就要来了!

一九六四年一月廿七日

地毯的那一端

德：

从疾风中走回来，觉得自己像是被浮起来了。山上的草香得那样浓，让我想到，要不是有这样猛烈的风，恐怕空气都会给香得凝冻起来！

我昂首而行，黑暗中没有人能看见我的笑容。白色的菅芒在夜色中点染着凉意——这是深秋了，我们的日子在不知不觉中临近了。我遂觉得，我的心像一张新帆，其中每一个角落都被大风吹得那样饱满。

星斗清而亮，每一颗都低低地俯下头来。溪水流着，把灯影和星光都流乱了。我忽然感到一种幸福，那样浑沌而又陶然的幸福。我从来没有这样亲切地感受到造物的宠爱——真的，我们这样平庸，我总觉得幸福应该给予比我们更好的人。

但这是真实的，第一张贺卡已经放在我的案上了。洒满了细碎精致的透明亮片，灯光下展示着一个闪烁而又真实的梦境。画上的金钟摇荡，遥遥地传来美丽的回响。我仿佛能听见那悠扬的音韵，我仿佛能嗅到那沁人的玫瑰花香！而尤其让我神往的，是那几行可爱的祝词："愿婚礼的记忆存至永远，愿你们的情爱与日俱增。"

是的，德，永远在增进，永远在更新，永远没有一个边和底——六年了，我们护守着这份情谊，使它依然焕发，依然鲜洁，正如别人所说的，我们是幸运的。每次回顾我们的交往，我就仿佛走进博物馆的长廊。其间每一处景物都意味着一段美丽的回忆。每一件东西都牵扯着一个动人的故事。

那样久远的事了。刚认识你的那年才十七岁，一个多么容易错误的年纪！但是，我知道，我没有错。我生命中再没有一件决定比这项更正确了。前天，大伙儿一起吃饭，你笑着说："我这个笨人，我这辈子只做了一件聪明的事。"你没有再说下去，妹妹却拍手起来，说："我知道了！"啊，德，我能够快乐地说，我也知道。因为你做的那件聪明事，我也做了。

那时候，大学生活刚刚展开在我面前。台北的寒风让我每日思念南部的家。在那小小的阁楼里，我呵着手写蜡纸。在草木摇落的道路上，我独自骑车去上学。生活是那样黯淡，心情是那样沉重。在我的日记上有这样一句话："我担心，我会冻死在这小楼上。"而这时候，你来了。你那种毫无企冀的友谊四面环护着我，让我的心触及最温柔的阳光。

我没有兄长，从小我也没有和男孩子同学过。但和你交往却是那样自然，和你谈话又是那样舒服。有时候，我想，如果我是男孩子多么好呢！我们可以一起去爬山，去泛舟。让小船在湖里随意飘荡，任意停泊，没有人会感到惊奇。好几年以后，我将这些想法告诉你，你微笑地注视着我："那，我可不愿意，如果你真想做男孩子，我就做女孩。"而今，德，我没有变成男孩子，但我们可以去遨游，去做山和湖的梦。因为，我们将有更亲密的关系了。啊，想象中终生相爱相随是多么美好！

那时候，我们穿着学校规定的卡其服。我新烫的头发又总是被风刮得乱蓬蓬的。想起来，我总不明白你为什么那样喜欢接近我。那年大考的时候，我蜷曲在沙发里念书。你跑来，热心地为我讲解英文文法。好心的房东为我们送来一盘春卷，我慌乱极了，竟吃得洒了一裙子。你瞅着我说："你真像我妹妹，她和你一样大。"我窘得不知如何是好，只是一径低着头，假作抖那长长的裙幅。

那些日子真是冷极了。每逢没有课的下午我总是留在小楼上，弹弹风琴，把一本拜尔琴谱都快翻烂了。有一天你对我说："我常在楼下听你弹琴。你好像常弹那首《甜蜜的家庭》。怎么？在想家吗？"我很感激你的窃听，唯有你了解、关切我凄楚的心情。德，那个时候，当你独自听着的时候，你想些什么呢？你想到有一天我们会组织一个家庭吗？你想到我们要用一生的时间以心灵的手指合奏这首歌吗？

寒假过后，你把那叠泰戈尔诗集还给我。你指着其中一行请我看："如果你不能爱我，就请原谅我的痛苦吧！"我于是知道发生什么事了。我不希望这件事发生,我真的不希望。并非由于我厌恶你,而是因为我太珍重这份素净的友谊,反倒不希望有爱情去加深它的色彩。

但我却乐于和你继续交往。你总是给我一种安全稳妥的感觉。从头起,我就付给你我全部的信任,只是,当时我心中总向往着那种传奇式的、惊心动魄的恋爱。并且喜欢那么一点点的悲剧气氛。为着这些可笑的理由,我耽延着没有接受你的奉献。我奇怪你为什么仍作那样固执的等待。

你那些小小的关怀常令我感动。那年圣诞节你把得来不易的几颗巧克力糖,全部拿来给我了。我爱吃笋豆里的笋子,唯有你注意到,并且耐心地为我挑出来。我常常不晓得照料自己,唯有你想到用自己的外衣披在我身上。(我至今不能忘记那衣服的温暖,它在我心中象征了许多意义。)是你,敦促我读书。是你,容忍我偶发的气性。是你,仔细纠正我写作的错误。是你,教导我为人的道理。如果说,我像你的妹妹,那是因为你太像我大哥的缘故。

后来,我们一起得到学校的工读金。分配给我们的是打扫教室的工作。每次你总强迫我放下扫帚,我便只好遥遥地站在教室的末端,看你奋力工作。在炎热的夏季里,你的汗水滴落在地上。我无言地站着,等你扫好了,我就去撢撢桌椅,并且帮你把它们排齐。每次,当我们目光偶然相遇的时候，总感到那样兴奋，我们是这样地彼此了解，我们合作的时候总是那样完美。我注意到你手上的硬茧，它们把那虚幻的字眼十分具体地说明了。我们就在那飞扬的尘影中完成了大学课程——我们的经济从来没有富裕过；我们的日子却从来没有贫乏过。我们活在梦里，活在诗里，活在无穷无尽的彩色希望里。记得有一次我提到玛格丽特公主在她婚礼中说的一句话："世界上从来没有两个人像我们这样快乐过。"你毫不在意地说："那是因为他们不认识我们的缘故。"我喜欢你的自豪，因为我也如此自豪着。

我们终于毕业了，你在掌声中走到台上，代表全系领取毕业证书。我的掌声也夹在众人之中，但我知道你听到了。在那美好的六月清晨，我的眼中噙着欣喜的泪。我感到那样骄傲，我第一次分沾你的成功，你的光荣。

"我在台上偷眼看你，"你把系着彩带的纸卷交给我，"要不是中国风俗如此，我一走下台来就要把它送到你面前去的。"

我接过它，心里垂着沉甸甸的喜悦。你站在我面前，高昂而谦和，刚毅而温柔。我忽然发现，我关心你的成功，远远超过我自己的。

那一年，你在军中。在那样忙碌的生活中，在那样辛苦的演习里，你却那样努力地准备研究所的考试。我知道，你是为谁而作的。在凄长的分别岁月里，我开始了解，存在于我们中间的是怎样一种感情。你来看我,把南部的冬阳全带来了。那厚呢的陆战队军服重新唤起我童年时期对于号角和战马的梦。我一直没有告诉你,当时你临别敬礼的镜头烙在我心上有多深。

我帮着你搜集资料,把抄来的范文一篇篇断句、注释。我那样竭力地做,怀着无上的骄傲。这件事对我而言有太大的意义。这是第一次,我和你共赴一件事。所以当你把录取通知转寄给我的时候,我竟忍不住哭了。德,没有人经历过我们的奋斗,没有人像我们这样相期相勉,没有人像我们这样多年来在冬夜图书馆的寒灯下彼此伴读。因此,也就没有人了解成功带给我们的兴奋。

我们又可以见面了,能见到真真实实的你是多么幸福。我们又可以去作长长的散步,又可以蹲在旧书摊上享受一个闲散黄昏。我永不能忘记那次去泛舟。回程的时候,忽然起了大风。小船在湖里直打转,你奋力摇橹,累得一身都汗湿了。

“我们的道路也许就是这样吧!”我望着平静而险恶的湖面说,“也许我使你的负担更重了。”

“我不在意,我高兴去搏斗!”你说得那样急切,使我不敢正视你的目光,“只要你肯在我的船上,晓风,你是我最甜蜜的负荷。”

那天我们的船顺利地拢了岸。德,我忘了告诉你,我愿意留在你的船上,我乐于把舵手的位置给你。没有人能给我像你给我的安全感。

只是,人海茫茫,哪里是我们共济的小舟呢?这两年来,为着成家的计划,我们劳累到几乎虐待自己的地步。每次,你快乐的笑容总鼓励着我。

那天晚上你送我回宿舍,当我们迈上那斜斜的山坡,你忽然驻足说:“我在地毯的那一端等你!我等着你,晓风,直到你对我完全满意。”

我抬起头来,长长的道路伸延着,如同圣坛前柔软的红毯。我迟疑了一下,便踏向前去。

现在回想起来,已不记得当时是否是个月夜了,只觉得你诚挚的言词闪烁着,在我心中亮起一天星月的清辉。

“就快了!”那以后你常乐观地对我说,“我们马上就可以有一个小小的家。你是那屋子的主人,你喜欢吧?”

我喜欢的,德,我喜欢一间小小的陋屋。到天黑时分我便去拉上长长的落地窗帘,捻亮柔和的灯光,一同享受简单的晚餐。但是,哪里是我们的家呢?哪儿是我们自己的宅院呢?

你借来一辆半旧的脚踏车,四处去打听出租的房子,每次你疲惫不堪地回来,我就感到一种痛楚。

“没有合意的,”你失望地说,“而且太贵,明天我再去看。”

我没有想到有那么多困难,我从不知道成家有那么多琐碎的事,但至终我们总算找到一栋小小的屋子了。有着窄窄的前庭,以及矮矮的榕树。朋友笑它小得像个巢,但我已经十分满意了。无论如何,我们有了可以憩息的地方。当你把钥匙交给我的时候,那重量使我的手臂几乎为之下沉。它让我想起一首可爱的英文诗:“我是一个持家者吗?哦,是的。但不止,我还得持护着一颗心。”我知道,你交给我的钥匙也不止此数。你心灵中的每一个空间我都持有一枚钥匙,我都有权径行出入。

亚寄来一卷录音带,隔着半个地球,他的祝福依然厚厚地绕着我。那样多好心的朋友来帮我们整理。擦窗子的,补纸门的,扫地的,挂画儿的,插花瓶的,拥拥熙熙地挤满了一屋子。我老觉得我们的小屋快要炸了,快要被澎湃的爱情和友谊撑破了。你觉得吗?他们全都兴奋着,我怎能不兴奋呢?我们将有一个出色的婚礼,一定的。

这些日子我总是累着。去试礼服,去订鲜花,去买首饰,去选窗帘的颜色。我的心像一座喷泉,在阳光下涌溢着七彩的水珠。各种奇特复杂的情绪使我眩昏。有时候我也分不清自己是在快乐还是在茫然,是在忧愁还是在兴奋。我眷恋着旧日的生活,它们是那样可爱。我将不再住在宿舍里,享受阳台上的落日。我将不再偎在母亲的身旁，听她长夜话家常。而前面的日子又是怎样的呢？德，我忽然觉得自己好像要被送到另一个境域里去了。那里的道路是我未走过的，那里的生活是我过不惯的，我怎能不惴惴然呢？如果说有什么可以安慰我的，那就是：我知道你必定和我一同前去。

冬天就来了，我们的婚礼在即。我喜欢选择这季节，好和你厮守一个长长的严冬。我们屋角里不是放着一个小火炉吗？当寒流来时，我愿其中常闪耀着炭火的红光。我喜欢我们的日子从黯淡凛冽的季节开始，这样，明年的春花才对我们具有更美的意义。

我即将走入礼堂，德，当结婚进行曲奏响的时候，父亲将挽着我，送我走到坛前，我的步履将凌过如梦如幻的花香。那时，你将以怎样的微笑迎接我呢？

我们已有过长长的等待，现在只剩下最后的一段了。等待是美的，正如奋斗是美的一样，而今，铺满花瓣的红毯伸向两端，美丽的希冀盘旋而飞舞。我将去即你，和你同去采撷无穷的幸福。当金钟轻摇，蜡炬燃起，我乐于走过众人去立下永恒的誓愿。因为，哦，德，因为我知道，是谁，在地毯的那一端等我。

一九六四年十二月四日

魔　季

蓝天打了蜡，在这样的春天。在这样的春天，小树叶儿也都上了釉彩。世界，忽然显得明朗了。

我沿着草坡往山上走，春草已经长得很浓了。唉，春天老是这样的，一开头，总惯于把自己藏在峭寒和细雨的后面。等真正一揭了纱，却又谦逊地为我们延来了长夏。

山容已经不再是去秋的清瘦了，那白绒绒的菅芒花海也都退潮了。相思树是墨绿的，荷叶桐是浅绿的，新生的竹子是翠绿的，刚冒尖儿的小草是黄绿的。还是那些老树的苍绿，以及藤萝植物的嫩绿，熙熙攘攘地挤满了一山。我慢慢走着，我走在绿之上，我走在绿之间，我走在绿之下。绿在我里，我在绿里。

阳光的酒调得很淡，却很醇，浅浅地斟在每一个杯形的小野花里。到底是 ·位怎样的君王要举行野宴？何必把每个角落都布置得这样豪华雅致呢？让走过的人都不免自觉寒酸了。

那片大树下的厚毡是我们坐过的，在那年春天。今天我走过的时候，它的柔软仍似当年，它的鲜绿仍似当年，甚至连织在上面的小野花也都娇美如昔。啊，春天，那甜甜的记忆又回到我的心头来了——其实不是回来，它一直存在着的！我禁不住怯怯地坐下，喜悦的潮音低低地回响着。

清风在细叶间穿梭，跟着它一起穿梭的还有蝴蝶。啊，不快乐真是不合理的——在春风这样的旋律里。所有柔嫩的枝叶都被邀舞了,窸窣地响起一片塔夫绸和细纱相擦的衣裙声。四月是音乐季呢!(我们有多久不闻丝竹的声音了?)宽广的音乐台上,响着甜美渺远的木箫,古典的七弦琴,以及玐玐然的小银铃,合奏着繁复而又和谐的曲调。

我们已把窗外的世界遗忘得太久了,我们总喜欢过着四面混凝土的生活。我们久已不能想象那些溪畔草地上执竿的牧羊人以及他们仅避风雨的帐棚。我们同样也久已不能想象那些在垄亩间荷锄的庄稼人,以及他们只足容膝的茅屋。我们不知道脚心触到青草时的恬适,我们不晓得鼻腔遇到花香时的兴奋。真的,我们是怎么会痴騃得那么厉害的!

那边,清澈的山涧流着,许多浅紫、嫩黄的花瓣上下飘浮,像什么呢?我似乎曾经想画过这样一张画——只是,我为什么如此想画呢?是不是因为我的心底也正流着这样一带涧水呢?是不是由于那其中也正轻搅着一些美丽虚幻的往事和梦境呢?啊,我是怎样珍惜着这些花瓣啊,我是多么想掬起一把来作为今早的晨餐啊!

忽然,走来一个小女孩。如果不是我看过她,在这样薄雾未散尽、阳光诡谲闪烁的时分,我真要把她当作一个小精灵呢!她慢慢地走着,好一个小山居者,连步履也都出奇地舒缓了。她有一种天生的属于山野的纯朴气质，使人不由己地想逗她说几句话。

“你怎么不上学呢？凯凯。”

“老师说，今天不上学，”她慢条斯理地说，“老师说，今天是春天，不用上学。”

啊，春天！噢！我想她说的该是春假，但这又是多么美的语误啊！春天我们该到另一所学校去念书的。去念一册册的山，一行行的水。去速记风的演讲，又计数骤云的变化。真的，我们的学校少开了许多的学分，少聘了许多的教授。我们还有许多值得学习的，我们还有太多应该效法的，真的呢，春天绝不该想鸡兔同笼，春天也不该背盎格鲁撒克逊人的土语，春天更不该收集越南情势的资料卡。春天春天，春天来的时候，我们真该学一学鸟儿，站在最高的枝柯上，抖开翅膀来，晒晒我们潮湿已久的羽毛。

那小小的红衣山居者很好奇地望着我，稍微带着一些打趣的神情。

我想跟她说些话，却又不知道该讲些什么。终于没有说——我想所有我能教她的，大概春天都已经教过她了。

慢慢地，她俯下身去，探手入溪。花瓣便从她的指间闲散地流开去。她的颊边忽然漾开一种奇异的微笑，简单的、欢欣的、却又是不可捉摸的笑。我又忍不住叫了她一声——我实在仍然怀疑她是笔记小说里的青衣小童。(也许她穿旧了那袭青衣,偶然换上这件红的吧!)我轻轻地摸着她头上的蝴蝶结。

“凯凯。”

“嗯?”

“你在干什么?”

“我,”她踌躇了一下,茫然地说,“我没干什么呀!”

多色的花瓣仍然在多声的涧水中淌过,在她肥肥白白的小手旁边乱旋。忽然,她把手一握,小拳头里握着几片花瓣。她高兴地站起身来,将花瓣往小小红裙里一兜,便哼着不成腔的调儿走开了。

我的心像是被什么击了一下,她是谁呢?是小凯凯吗?还是春花的精灵呢?抑或,是多年前那个我自己的重现呢?在江南的那个环山的小城里,不也住过一个穿红衣服的小女孩吗?在春天的时候她不是也爱坐在矮矮的断墙上,望着远远的蓝天而沉思吗?她不是也爱去采花吗?爬在树上,弄得满头满脸的都是乱扑扑的桃花瓣儿。等回到家,又总被母亲从衣领里抖出一大把柔柔嫩嫩的粉红。她不是也爱水吗?她不是一直梦想着要钓一尾金色的鱼吗?(可是从来不晓得要用钓钩和钓饵。)每次从学校回来,就到池边去张望那根细细的竹竿。俯下身去,什么也没有——除了那张又圆又憨的小脸。啊,那个孩子呢?那个躺在小溪边打滚、直揉得小裙子上全是草汁的孩子呢?她隐藏到什么地方去了呢?

在那边,那一带疏疏的树荫里,几只毛茸茸的小羊在啮草,较大的那只母羊很安详地躺着。我站得很远,心里想着如果能摸摸那羊毛该多么好。它们吃着,嬉戏着,笨拙地上下跳跃着。啊,春天,什么都是活泼泼的,都是喜洋洋的,都是嫩嫩的,都是茸茸的,都是叫人喜欢得不知怎么是好的。

稍往前走几步,慢慢进入一带浓烈的花香。暖融融的空气里加调上这样的花香真是很醉人的。我走过去,在那很陡的斜坡上,不知什么人种了一株栀子花。树很矮,花却开得极璀璨,白莹莹的一片,连树叶都几乎被遮光了,像一列可以采摘的六角形星子,闪烁着清浅的眼波。这样小小的一棵树,我想,她是拼却了怎样的气力才绽出这样的一树春华呢?四下里很静,连春风都被甜得腻住了——我忽然发现自己已经站了很久,哦,我莫不是也被腻住了吧!

酢浆草软软地在地上摊开,浑朴、茂盛,那气势竟把整个山顶压住了。那种愉快的水红色,映得我的脸都不自觉地热起来了!

山下,小溪蜿蜒。从高处俯视下去,阳光的小镜子在溪面上打着明晃晃的信号。啊,春天多叫人迷惘啊!它究竟是怎么回事呢?是谁负责管理这最初的一季呢?他想来应该是一个神奇的魔术师了,当他的魔术棒一招,整个地球便美妙地缩小了,缩成一束花球,缩成一方小小的音乐匣子。他把色与光给了世界，把爱与笑给了人类。啊，春天，这样的魔术季！

小溪比冬天涨高了，远远看去，那个负薪者正慢慢地涉溪而过。啊，走在春水里又是怎样的滋味呢？或许那时候会恍然以为自己是一条鱼吧？想来做一个樵夫真是很幸福的，肩上挑着的是松香，（或许还夹杂着些山花野草吧！）脚下踏的是碧色玻璃，（并且是最温软的、最明媚的一种。）身上的灰布衣任山风去刺绣，脚下的破草鞋任野花去穿缀。嗯，做一个樵夫真是很叫人嫉妒的。

而我，我没有溪水可涉，只有大片大片的绿罗裙一般的芳草，横生在我面前。我雀跃着，跳过青色的席梦思。山下阳光如潮，整个城市都沉浸在春里了。我遂想起我自己的那扇红门，在四月的阳光里，想必正焕发着红玛瑙的色彩吧！

他在窗前坐着，膝上放着一本布瑞克的《国际法案》，看见我便迎了过来。我几乎不能相信，我们已在一个屋顶下生活了一百多个日子。恍惚之间，我只觉得这儿仍是我们共同读书的校园。而此刻，正是含着惊喜在楼梯转角处偶然相逢的一刹那。不是吗？他的目光如昔，他的声音如昔，我怎能不误认时空呢？尤其在这样熟悉的春天，这样富于传奇气氛的魔术季。

前庭里，榕树抽着纤细的小芽儿。许多不知名的小黄花正摇曳着,像一串晶莹透明的梦。还有古雅的蕨草,也善意地延着墙角一路滚着蕾丝花边。啊,什么时候我们的前庭竟变成一列窄窄的植物画廊了。

我走进屋里,扭亮台灯,四下便烘起一片熟杏的颜色。夜已微凉,空气中沁着一些凄迷的幽香。我从书里翻出那朵栀子花,是早晨自山间采来的,我小心地把它夹入厚厚的大字典里。

“是什么? 好香,一朵花吗?”

“可以说是一朵花吧,”我迟疑了一下,“而事实上是一九六五年的春天——我们所共同盼来的第一个春天。”

我感到我的手被一只大而温热的手握住,我知道,他要对我讲什么话了。

远处的鸟啼错杂地传过来,那声音纷落在我们的小屋里,四下遂幻出一种林野的幽深——春天该是很浓了,我想。

一九六五年五月二日

雨天的书

一

我不知道,天为什么无端落起雨来了。薄薄的水雾把山和树隔到更远的地方去,我的窗外遂只剩下一片辽阔的空茫了。

想你那里必是很冷了吧?另芳。青色的屋顶上滚动着水珠子,滴沥的声音单调而沉闷,你会不会觉得很寂寥呢?

你的信仍放在我的梳妆台上,折得方方正正的,依然是当日的手痕。我以前没见过你;以后也找不着你,我所能持有的,也不过就是这一片模模糊糊的痕迹罢了。另芳,而你呢?你没有我只字片语,等到我提起笔,却又没有人能为我传递了。

冬天里,南馨拿着你的信来。细细斜斜的笔迹,优雅温婉的话语。我很高兴看你的信,我把它和另外一些信件并放着。它们总是给我鼓励和自信,让我知道,当我在灯下执笔的时候,实际上并不孤独。

另芳,我没有即时回你的信,人大了,忙的事也就多了。后悔有什么用呢?早知道你是在病榻上写那封信,我就去和你谈谈,陪你出去散散步,一同看看黄昏时候的落霞。但我又怎么想象得到呢?十七岁,怎么能和死亡联想在一起呢?死亡,那样冰冷阴森的字眼,无论如何也不该和你发生关系的。这出戏结束得太早,迟到的观众只好望着合拢的黑绒幕黯然了。

雨仍在落着,频频叩打我的玻璃窗。雨水把世界布置得幽冥昏黯,我不由幻想你打着一把小伞,从芳草没胫的小路上走来,走过生,走过死,走过永恒。

那时候,放了寒假。另芳,我心里其实一直是惦着你的。只是找不着南馨,没有可以传信的人。等开了学,找着了南馨,一问及你,她就哭了。另芳,我从来没有这样恨自己。另芳,如今我向哪一条街寄信给你呢?有谁知道你的新地址呢?

南馨寄来你留给她的最后字条,捧着它,使我泫然。另芳,我算什么呢?我和你一样,是被送来这世界观光的客人。我带着惊奇和喜悦看青山和绿水,看生命和知识。另芳,我有什么特别值得一顾的呢?只是我看这些东西的时候比别人多了一份冲动,便不由得把它记录下来了。我究竟有什么值得结识的呢?那些美得叫人痴狂的东西没有一样是我创造的,也没有一件是我经营的,而我那些仅有的记录,也是破碎支离,几乎完全走样的,另芳,聪慧如你,为什么念念要得到我的信呢?

"她死的时候没有遗憾,"南馨说,"除了想你的信。你能写一封信给她吗?我要烧给她——我是信耶稣的,我想耶稣一定会拿给她的。”

她是那样天真，我是要写给你的，我一直想着要写的，我把我的信交给她，但是，我想你已经不需要它了。你此刻在做什么呢？正在和鼓翼的小天使嬉戏吧？或是拿软软的白云捏人像吧？（你可曾塑过我的？）再不然就一定是在茂美的林园里倾听金琴的轻拨了。

另芳，想象中，你是一个纤柔多愁的影子，皮肤是细致的浅黄，眉很浓，眼很深，嘴唇很薄（但不爱说话），是吗？常常穿着淡蓝色的衣裙，喜欢望着帘外的落雨而出神，是吗？另芳，或许我们真是不该见面的，好让我想象中的你更为真切。

另芳，雨仍下着，淡淡的哀愁在雨里飘零。遥想你墓地上的草早该绿透了，但今年春天你却没有看见。想象中有一朵白色的小花开在你的坟头，透明而苍白，在雨中幽幽地抽泣。

而在天上，在那灿烂的灵境上，是不是也正落着阳光的雨，落花的雨和音乐的雨？另芳，请俯下你的脸来，看我们，以及你生长过的地方。或许你会觉得好笑，便立刻把头转开了。你会惊讶地自语：“那些年，我怎么那么痴呢？其实，那些事不是都显得很滑稽吗？”

另芳，你看，写了这样多。是的，其实写这些信也很滑稽，在永恒里你已不需要这些了。但我还是要写，我许诺过要写的。

或者，明天早晨，小天使会在你的窗前放一朵白色的小花，上面滚动着无数银亮的小雨珠。

“这是什么?”

“这是我们在地上发现的,有一个人,写了一封信给你,我们不愿把那样拙劣的文字带进来,只好把它化成一朵小白花了——你去念吧,她写的都在里面了。”

那细碎质朴的小白花遂在你的手里轻颤着。另芳,那时候,你怎样想呢?它把什么都说了,而同时,它什么也没有说。那一片白,乱簌簌地摇着,模模糊糊地摇着你生前曾喜爱过的颜色。

那时候,我愿看到你的微笑,隐约而又浅淡,映在花丛的水珠里——那是我从来没有看见,并且也没有想象过的。

二

细致的湘帘外响起潺潺的声音,雨丝和帘子垂直地交织着,遂织出这样一个朦胧黯淡而又多愁绪的下午。

山径上两个顶着书包的孩子在跑着,跳着,互相追逐着。她们不像是雨中的行人,倒像是在过泼水节了。一会儿,她们消逝在树丛后面,我的面前重新现出湿湿的绿野,低低的天空。

手里握着笔,满纸画的都是人头。上次念心理系的王说,人所画的,多半是自己的写照。而我的人像都是沉思的,嘴角有一些悲悯的笑意。那么,难道这些都是我吗?难道这些身上穿着曳地长裙、右手握着檀香折扇、左手擎着小花阳伞的都是我吗?咦,我竟是那个样子吗?

一张信笺摊在玻璃板上,白而又薄。信债欠得太多了,究竟今天先还谁的呢?黄昏的雨落得这样忧愁,那千万只柔柔的纤指抚弄着一束看不见的弦索,轻挑慢捻,触着的总是一片凄凉悲怆。

那么,今日的信寄给谁呢?谁愿意看一带灰色的烟雨呢?但是,我的眼前又没有万里晴岚,这封信却怎么写呢?

这样吧,寄给自己,那个逝去的自己。寄给那个听小舅讲《灰姑娘》的女孩子,寄给那个跟父亲念《新丰折臂翁》的中学生。寄给那个在水边静坐的织梦者,寄给那个在窗前扶头的沉思者。

但是,她在哪里呢?就像刚才那两个在山径上嬉玩的孩童,倏忽之间,便无法追寻了。而那个"我"呢?你隐藏到哪一处树丛后面去了呢?

你听,雨落得这样温柔,这不是你所盼望的雨吗?记得那一次,你站在后庭里,抬起头,让雨水落在你张开的口里,那真是很好笑的。你又喜欢一大清早爬起来,到小树叶下去找雨珠儿。很小心地放在写算术用的化学垫板上,高兴得像是得了一满盘珠宝。你真是很富有的孩子,真的。

什么时候你又走进中学的校园了。在遮天的古木下,听隆然的雷声,看松鼠在枝间乱跳,你忽然欢悦起来。你的欣喜有一种原始的单纯和热烈,使你生起一种欲舞的意念。但当天空陡然变黑,暴风夹雨而至的时候,你就突然静穆下来,带着一种虔诚的敬畏。你是喜欢雨的,你一向如此。

那年夏天,教室后面那棵花树开得特别灿美,你和芷同时都发现了。那些嫩枝被成串的黄花压得低垂下来,一直垂到小楼的窗口。每当落雨时分,那些花串儿就变得透明起来,美得让人简直不敢喘气。

那天下课的时候,你和芷站在窗前。花在雨里,雨在花里,你们遂为那些声音,那些颜色颠倒了。但渐渐地,那些声音和颜色也悄然退去,你们遂迷失在生命早年的梦里。猛回头,教室竟空了,才想起那一节是音乐课,同学们都走光了,到音乐教室上课去了。那天老师没骂你们,真是很幸运的——不过他本来就不该骂你们,你们在听夏日花雨的组曲呢!

渐渐地,你会忧愁了。当夜间,你不自禁地去听竹叶滴雨的微响,当秋初,你勉强念着“留得残荷听雨声”,你就模模糊糊地为自己折凑起一些哀愁了。你愁着什么呢?你不能回答——你至今都不能回答。你不能抑制自己去喜欢那些苍凉的景物，又不能保护着自己不受那种愁绪的感染。其实，你是不必那么善感的，你看，别人家都忙自己的事，偏是你要愁那不相干的愁。

年齿渐长，慢慢也会遭逢一点人事了，只是很少看到你心平气和过，并且总是带着鄙夷，看那些血气衰败到不得不心平气和的人。在你，爱是火炽的，恨是死冰的，同情是渊深的，哀愁是层叠的。但是，谁知道呢？人们总说你是文静的，只当你是温柔的。他们永远不了解，你所以爱阳光，是钦慕那种光明；你所以爱雨水，是向往那份淋漓。但是，谁知道呢？

当你读到《论语》上那句“知其不可而为之”，忽然血如潮涌，几天之久不能安坐。你从来没有经过这样大的暴雨——在你的思想和心灵之中。你仿佛看见那位圣人的终生颠沛，因而预感到自己的一部分命运。但你不能不同时感到欣慰，因为许久以来，你所想要表达的一个意念，竟在两千年前的一部典籍上出现了。直到现在，一想起这句话，你心里总激动得不能自已。你真是傻得可笑，你。

凭窗望去，雨已看不分明，黄昏竟也过去了。只是那清晰的声音仍然持续，像乐谱上一个延长符号。那么，今夜又是一个凄零的雨夜了。你在哪里呢？你愿意今宵来入梦吗？带我到某个旧游之处去走走吧！南京的古老城墙是否已经苔滑？柳州的峻拔山水是否也已剥落?

下一次写信是什么时候呢? 我不知道。当有一天我老的时候,或许会写一封很长的信给你呢! 我不希望你接到一封有谴责意味的信,我是多么期望能写一封感谢和赞美的信啊! 只是,那时候的你配得到它吗?

雨声滴答,寥落而美丽。在不经意的一瞥中,忽然发现小室里的灯光竟是这般温柔;同时,在不经意的回顾里,你童稚的光辉竟也在遥远的地方闪烁。而我呢? 我的光芒呢? 真的,我的光芒呢? 在许多年之后,当我桌上这盏灯燃尽了,世上还有没有其他的光呢? 哦,我的朋友,我不知道那么多,只愿那时候你我仍发着光,在每个黑暗凄冷的雨夜里。

一九六五年五月廿八日

秋天·秋天

满山的牵牛藤起伏，紫色的小浪花一直冲击到我的窗前才猛然收势。

阳光是耀眼的白，像锡，像许多发光的金属。是哪个聪明的古人想起来以木象春而以金象秋的？我们喜欢木的青绿，但我们怎能不钦仰金属的灿白？

对了，就是这灿白，闭着眼睛也能感到的。在云里，在菅芒中，在满山的翠竹上，在满谷的长风里，这样乱扑扑地压了下来。

在我们的城市里，夏季上演得太长，秋色就不免出场得晚些。但秋天是永远不会被混淆的——这坚硬明朗的金属季。让我们从微凉的松风中去认取，让我们从新刈的草香中去认取。

已经是生命中第二十五个秋天了，却依然这样容易激动。正如一个诗人说的：

“依然迷信着美。”

是的，到第五十个秋天来的时候，对于美，我怕是还要这样执迷的。

那时候，在南京，刚刚开始记得一些零碎的事，画面里常出现一片美丽的郊野，我悄悄地从大人身边走开，独自坐在草地上。梧桐叶子开始簌簌地落着，簌簌地落着，把许多神秘的美感一起落进我的心里来了。我忽然迷乱起来，小小的心灵简直不能承受这种兴奋。我就那样迷乱地捡起一片落叶。叶子是黄褐色的,弯曲的,像一只载着梦的小船,而且在船舷上又长着两粒美丽的梧桐子。每起一阵风我就在落叶的雨中穿梭,拾起一地的梧桐子。必有一两颗我所未拾起的梧桐子在那草地上发了芽吧?二十年了,我似乎又能听到遥远的西风,以及风里簌簌的落叶。我仍然能看见那载着梦的船,航行在草原里,航行在一粒种子的希望里。

又记得小阳台上的黄昏,视线的尽处是一列古老的城墙。在暮色和秋色的双重苍凉里,往往不知什么人又加上一阵笛音的苍凉。我喜欢这种凄清的美,莫名所以地喜欢。小舅舅曾经带我一直走到城墙的旁边,那些斑驳的石头,蔓生的乱草,使我有一种说不出的感动。长大了读辛稼轩的词,对于那种沉郁悲凉的意境总觉得那样熟悉,其实我何尝熟悉什么词呢?我所熟悉的只是古老南京城的秋色罢了。

后来,到了柳州,一城都是山,都是树。走在街上,两旁总夹着橘柚的芬芳,学校前面就是一座山,我总觉得那就是地理课本上的十万大山。秋天的时候,山容澄清而微黄,蓝天显得更高了。

“媛媛,”我怀着十分的敬畏问我的同伴,“你说,教我们美术的龚老师能不能画下这个山?”

“能,他能。”

“能吗？我是说这座山全部。”

“当然能，当然，”她热切地喊着，“可惜他最近打篮球把手摔坏了，要不然，全柳州、全世界他都能画呢。”

沉默了好一会。

“是真的吗？”

“真的，当然真的。”

我望着她，然后又望着那座山，那神圣的、美丽的、深沉的秋山。

“不，不可能。”我忽然肯定地说，“他不会画，一定不会。”

那天的辩论后来怎样结束，我已不记得了。而那个叫媛媛的女孩子和我已经阔别了十几年。如果我能重见她，我仍会那样坚持的。

没有人会画那样的山，没有人能。

媛媛，你呢？你现在承认了吗？前年我碰到一个叫媛媛的女孩子，就急急地问她，她却笑着说已经记不得住过柳州没有了。那么，她不会是你了。没有人能忘记柳州的，没有人能忘记那苍郁的、沉雄的、微带金色的、不可描摹的山。

而日子被西风刮尽了，那一串金属性的、有着欢乐叮当声的日子。终于，人长大了，会念《秋声赋》了，也会骑在自行车上，想象着陆放翁“饱将两耳听秋风”的情怀了。

秋季旅行，相片册里照例有发光的记忆，还记得那次倦游回来，坐在游览车上。

“你最喜欢哪一季呢?”我问芷。

“秋天。”她简单地回答,眼睛里凝聚了所有美丽的秋光。

我忽然欢欣起来。

“我也是,啊,我们都是。”

她说了许多秋天的故事给我听,那些山野和乡村里的故事。她又向我形容那个她常在它旁边睡觉的小池塘,以及林间说不完的果实。

车子一路走着,同学沿站下车,车厢里越来越空虚了。

“芷,”我忽然垂下头来,“当我们年老的时候,我们生命的同伴一个个下车了,座位慢慢地稀松了,你会怎样呢?”

“我会很难过。”她黯然地说。

我们在做什么呢?芷,我们只不过说了些小女孩的傻话罢了,那种深沉的、无可如何的摇落之悲,又岂是我们所能了解的。

但,不管怎样,我们一起躲在小树丛中念书,一起说梦话的那段日子是美的。

而现在,你在中部的深山里工作,像传教士一样地工作着,从心里爱那些朴实的山地灵魂。今年初秋我们又见了一次面,兴致仍然那样好,坐在小渡船里,早晨的淡水河还没有揭开薄薄的蓝雾,橹声琅然，你又继续你的山林故事了。

“有时候，我向高山上走去，一个人，慢慢地翻越过许多山岭。”你说，“忽然，我停住了，发现四壁都是山！都是雄伟的、插天的青色！我吃惊地站着，啊，怎么会那样美！”

我望着你，芷，我的心里充满了幸福。分别这样多年了，我们都无恙，我们的梦也都无恙——那些高高的、不属于地平线上的梦。

而现在，秋在我们这里的山中已经很浓很白了。偶然落一阵秋雨，薄寒袭人，雨后常常又现出冷冷的月光，不由人不生出一种悲秋的情怀。你那儿呢？窗外也该换上淡淡的秋景了吧？秋天是怎样地适合故人之情，又怎样地适合银银亮亮的梦啊！

随着风，紫色的浪花翻腾，把一山的秋凉都翻到我的心上来了。我爱这样的季候，只是我感到我爱得这样孤独。

我并非不醉心春天的温柔，我并非不向往夏天的炽热，只是生命应该严肃，应该成熟，应该神圣，就像秋天所给我们的一样——然而，谁懂呢？谁知道呢？谁去欣赏深度呢？

远山在退，遥遥地盘结着平静的黛蓝。而近处的木本珠兰仍香着，（香气真是一种权力，可以统辖很大片的土地。）溪水从小夹缝里奔窜出来，在原野里写着没有人了解的行书，它是一首小令，曲折而明快,用以描绘纯净的秋光的。

而我的扉页空着,我没有小令,只是我爱秋天,以我全部的虔诚与敬畏。

愿我的生命也是这样的,没有太多绚丽的春花,没有太多飘浮的夏云,没有喧哗,没有旋转着的五彩,只有一片安静纯朴的白色,只有成熟生命的深沉与严肃,只有梦,像一树红枫那样热切殷实的梦。

秋天,这坚硬而明亮的金属季,是我深深爱着的。

一九六五年十月十七日

细细的潮音

每到月盈之夜，我恍惚总能看见一幢筑在悬崖上的小木屋，正启开它的每一扇窗户，谛听远远近近的潮音。

而我们的心呢？似乎已经习惯于一个无声的世代了。只是，当满月的清辉投在水面上，细细的潮音便来撼动我们沉寂已久的心，我们的胸臆间遂又鼓荡着激昂的风声水响！

那是个夏天的中午，太阳晒得每一块石头都能烫人。我一个人撑着伞站在路旁等车，空气凝成一团不动的热气。而渐渐地，一个拉车的人从路的尽头走过来了。我从来没有看过走得这样慢的人。满车的重负使他的腰弯到几乎头脸要着地的程度。当他从我面前经过的时候，我忽然发现有一滴像大雨点似的汗，从他的额际落在地上，然后，又是第二滴。我的心刹那间给抽得很紧，在没有看到那滴汗以前，我是同情他，及至发现了那滴汗，我立刻敬服他了——一个用筋肉和汗水灌溉着大地的人。好几年了，一想起来总觉得心情激动，总好像还能听到那滴汗水掷落在地上的巨响。

一个雪晴的早晨，我们站在合欢山的顶上，弯弯的涧水全被积雪淤住。忽然，觉得故国的冬天又回来了。一个台籍战士兴奋地跑了过来。

“前两天雪下得好深啊！有一公尺呢！我们走一步就铲一步雪。”

我俯身拾了一团雪，在那一盈握的莹白中，无数的往事闪烁，像雪粒中不定的阳光。

“我们在堆雪人呢，”那战士继续说，“还可以用来打雪仗呢！”

我望着他，却说不出一句话，也许只在一个地方看见一次雪景的人是比较有福的。只是在万里外的客途中重见儿时的雪，却是一件悲惨的故事。我抬起头来，千峰壁立，松树在雪中固执地绿着。

到达麻风病院的那个黄昏已经是非常疲倦了。走上石梯，简单的教堂便在夕晖中独立着。长廊上有几个年老的病人并坐，看见我们一起都站了起来，久病的脸上闪亮着诚恳的笑容。

“平安。”他们的声音在平静中显出一种欢愉的特质。

“平安。”我们哽咽地回答，从来没有想到这样简单的字能有这样深刻的意义。

那是一个不能忘记的经验，本来是想去安慰人的，怎么也想不到反而被人安慰了。一群在疾病中和鄙视中喘延的人，一群无辜的不幸者，居然靠着信仰能笑出那样勇敢的笑容。至于夕阳中那安静、虔诚、而又完全饶恕的目光，对我们健康人的社会又是怎样一种责难啊！

还有一次，午夜醒来，后庭的月光正在涨潮，满园的林木都淹没在发亮的波澜里。我惊讶地坐起，完全不能置信地望着越来越浓的月光，一时不知道自己究竟是在快乐，还是在忧愁。只觉得身如小舟，悠然浮起，浮向似乎很近又似乎很远的青天。而微风里橄榄树细小的白花正飘着，落着，通往后院的阶石在月光下被落花堆积得有如玉砌一般。我忍不住欢喜起来，活着真是一种极大的幸福——这样晶莹的夜，这样透明的月光，这样温柔的、落着花的树……

生平读书，最让我感慨的莫过于廉颇的遭遇。在那样不被见用的老年，他有着多少凄怆的低徊。昔日赵国的大将，今日已是伏枥的老骥了。当使者来的时候，他为之"一饭斗米，肉十斤，披甲上马，以示尚可用"的苦心是怎样的悲哀。而终于还是受了谗言不能擢用，那悲哀就更深沉了。及至被楚国迎去了，黯淡的心情使他再没有立功的机运。终其后半生，只说了一句令人心酸的话："我思用赵人。"

想想，在异国，在别人的宫廷里，在勾起舌头说另外一种语言的土地上，他过的是一种怎样落寂的日子啊！名将自古也许是真的不许见白头吧！当他叹道："我想用我用惯的赵人"的时候，又意味着一个怎样古老、苍凉的故事！而当太史公记载这故事、我们在二千年后读这故事的时候，多少类似的剧本又在上演呢？

又有一次读韦庄的一首词，也为之激动了好几天。所谓“温柔敦厚”应该就是这种境界吧？那首词是写一个在暮春的小楼上独立凝望的女子，当她伤心不见远人的时候，只含蓄地说了一句话：“千山万水不曾行，魂梦欲教何处觅。”不恨行人的忘归，只恨自己不曾行过千山万水，以致魂梦无从追随。那种如泣如诉的真情，那种不怨不艾的柔怀，给人极其凄惋低迷的感受。那是一则怎样古典的爱情啊！

还有一出昆曲《思凡》，也令我震撼不已。我一直想找出它的作者，曾经请教了我非常敬服的一位老师，他也只说：“词是极好的词，作者却找不出来了，猜想起来大概是民间的东西。”我完全同意他的见解，这样拔山倒海的气势，斩铁截钉的意志，不是正统文人写得出来的。

当小尼赵色空立在无人的回廊上，两旁列着威严的罗汉，她却勇敢地唱着：“他与咱，咱与他，两下里多牵挂，冤家，怎能够成就了姻缘，就死在阎王殿前，由他把那碓来舂，锯来解，磨来挨，放在油锅里去炸。啊呀，由他。只见活人受罪，哪曾见死鬼戴枷。啊呀，由他，火烧眉毛且顾眼下。”接着她一口气唱着，“哪里有天下园林树木佛，哪里有枝枝叶叶光明佛，哪里有江湖两岸流沙佛，哪里有八万四千弥陀佛。从今去把钟楼佛殿远离却，下山去寻一个年少哥哥，凭他打我、骂我、说我、笑我，一心不愿成佛，不念弥陀般若波罗。但愿生下一个小孩儿，却不道是快活煞了我。”

每听到这一段，我总觉得心血翻腾，久久不能平伏。几百年来，人们一直以为这是一个小尼姑思凡的故事。何尝想到这实在是极强烈的人文思想。那种人性的觉醒，那种向传统唾弃的勇气，那种不顾全世界鄙视而要开拓一个新世纪的意图，又岂是满园嗑瓜子的脸所能了解的？

一个残冬的早晨，车子在冷风中前行，收割后空旷的禾场蔓延着，冷冷清清的阳光无力照耀着。我木然而坐，翻看一本没有什么趣味的书，忽然，在低低的田野里，一片缤纷的世界跳跃而出。“那是什么？”我惊讶地问着自己，及至看清楚是一大片杂色的杜鹃，却禁不住地笑了起来。这种花原来是常常看到的，春天的校园里几乎没有一个石隙不被它占去的呢！在瑟缩的寒流季里，乍然相见的那份喜悦，却完全是另外一种境界了。甚至在初见那一片灿烂的彩色时，直觉里只感觉到一种单纯的喜悦，还以为那是一把随手散开来的梦，被遗落在田间的呢！到底它是花呢？是梦呢？还是虹霓坠下时碎成的片段呢？或者，什么也不是，只是佛家所说偶然幻化的留影呢？

博物馆里的黄色帷幕垂着，依稀地在提示着古老的帝王之色。陈列柜里的古物安静地深睡了，完全无视于落地窗外年轻的山峦。我轻轻地走过每件千年以上的古物，我的影子映在打蜡的地板上，旋又消失。而那些细腻朴拙的瓷器、气象恢宏的画轴、纸色半枯的刻本、温润无瑕的玉器，以及微现绿色的钟鼎，却凝然不动地闪着冷冷的光。隔着无情的玻璃，看这个幼稚的世纪。

望着那犹带中原泥土的故物，我的血忽然澎湃起来。走过历史，走过辉煌的传统，我发觉我竟这样爱着自己的民族、自己的文化。那时候，莫名地想哭，仿佛一个贫穷的孩子，忽然在荒废的后园里发现了祖先留下来充满宝物的坛子，上面写着“子孙万世，永宝勿替”。那时，才忽然知道自己是这样富有——而博物院肃穆着，如同深沉的庙堂，使人有一种下拜的冲动。

在一本书上，我看到史怀哲博士的照片。他穿着极简单的衣服，抱膝坐在一块大石头上。背景是一片广漠无物的非洲土地,益发显出他的孤单。照画面的光线看来,那似乎是一个黄昏。他的眼睛在黯淡的日影中不容易看出是什么表情,只觉得他好像是在默想。我不能确实说出那张脸表现了一些什么,只知道那多筋的手臂和多纹的脸孔像大浪般,深深地冲击着我。或许他是在思念欧洲吧?大教堂里风琴的回响,歌剧院里的紫色帷幕也许仍模糊地浮在他的梦里。这时候,也许是该和海伦在玫瑰园里喝下午茶的时候,是该和贵妇们谈济慈和尼采的时候。然而,他却在非洲,住在一群悲哀的、黑色的、病态的人群中,在赤道的阳光下,在低矮的窝棚里,他孤孤单单地爱着。

我骄傲,毕竟在当代三十二亿张脸孔中,有这样一张脸!那深沉、瘦削、疲倦、孤独而热切的脸,这或许是我们这贫穷的世纪中唯一的产业。

当这些事,像午夜的潮音来拍打岸石的时候,我的心便激动着。如果我们的血液从来没有流得更快一点,我们的眼睛从来没有燃得更亮一点,我们的灵魂从来没有升华得更高一点,日子将变得怎样灰黯而苍老啊!

不是常常有许多小小的事来叩打我们心灵的木屋吗?可是为什

么我们老是听不见呢？我们是否已经世故得不能被感动了？让我们启开每一扇窗门，去谛听这细细的潮音，让我们久暗的心重新激起风声水响！

一九六六年二月七日

小小的烛光

他的头发原来是什么颜色已经很费猜了,因为它们现在是纯粹的银白。

他的身材很瘦小,比一般中国人还要矮上一截。加上白色的头发,如果从后面看上去,恐怕没有人会想到他是美国人——我多么希望他不是美国人。每次,当我怀着敬畏的目光注视他,我心里总羼合着几分嫉妒、几分懊恼、几分痛苦。为什么,当我发现一个人,禀赋了我所钦慕的诸般美德,而他却偏偏是一个美国人呢?为什么在我心底那个非常接近完美的人,竟不属于我自己的民族?

他已经很老了,听说是六十七。他看起来也并不比实际岁数年轻。当然,如果他也学中国老头的样子,坐在大躺椅里抱孙子玩,闲来就和一般年纪的人聊天喝酒,或是戴着老花的眼镜搓麻将,那么,他也许看起来不致这么憔悴吧!

他身上所有的东西大概也都落伍二十年了,细边的眼镜、宽腿的裤子、带着长链子的怀表,以及冬天里很古怪的西装。每在走廊上碰面,我总要偷偷地看他几眼,那些古老的衣物好像是从来也没有进步的迹象。我常常怀疑,他究竟藏有多少条这种可笑的裤子?为什么永远也穿不完呢?

他颈上的皱褶很深很粗,脸上的皮肤显然也有挂下来的趋势。如果要把那些松弛的地方重新撑饱满,恐怕还得三十磅肉呢!他有一个很尖峭的鼻子——那大概就是他唯一不见皱纹的地方了。他的眼光很清澈,稍微有点严厉,长方带尖的脸形衬着线条很分明的薄嘴唇,嘴角很倔强地向下拢着,向里陷着,使他整个的容貌都显出一种罕见的贵族气质。

那年,我是二年级,他就到学校来了。他是来接任系主任的。可是他刚来几天就贴出海报要招募合唱团员了,我当时很从心里怜悯他,不过也有几分认为他是太幼稚太不明实况。其实当个系主任就够忙的了,何苦又自己另找罪受?他所征来的那批人马,除了少数几个,大部分是连五线谱都认不清楚的。每天中午休息的时候,他们就在二楼靠边的那间教室里练习。一首歌翻来覆去地唱了有个把月,把每个人的耳朵都听腻了,他们还是唱不准。后来记不清有一次怎样的集会,他们居然正式登台了。唱的就是那首人人已经听够了的歌。老桑先生急得一面指挥一面用他以前在大陆学过的苏州话帮腔,结果还是不理想。其实那次失败并不意外——甚至我想连他自己也不会觉得有什么意外的。

意外的是四年后一个美丽的春天晚上。我被邀请坐在学校的大礼堂里。紫红绒的帷幕缓缓拉开,灿烂的花篮在台上和台下微笑着,节目单很有分量地沉在我的手中,优雅的管弦乐在台上奏着,和谐的四重唱缭绕而弥漫。我不能不感到惊讶,我不知道,我真不知道,这些年来,他用的是怎样的一根指挥棒。

他又是个极仔细的人。那时候学校宿舍还没盖好,所有的女生都借住在阳明山腰的一个夏令营地里。山上的蚊虫很多,我们经常是体无完肤的。有一次,他到山上来看我们,饭后大家坐在饭厅里,他的眼睛盯在那两扇纱门上,看来往的同学怎样开关它。其实大部分的同学是只管开门不管关门的。许多人只顾走进走出,然后就随便由自动弹簧去使它合上了。他看了一会,站起来。我还以为他要发表有关生物学的演讲呢——他学的是生物——不料他很严肃地直走到纱门前。

“知道为什么会有这么多的蚊子吗?”他的眼光四下巡视,没有人说话,他指着不甚合拢的门说,“门不是这样关的,这样一定有缝。”

他重新把门推开,先关好其中第一扇,然后把第二扇紧紧地合上去,最后又用力一拉。纱门合拢了,连空气都不夹呢!他满意地微笑,又沉默地退到座位上去了。

我特别喜欢看他坐在书库里的样子。这两年来,学校不断地扩充,图书馆的工作不免繁复而艰巨,要把一个贫乏的,没有组织、没有系统的图书馆从头建设起来,真需要不少的魄力,我真不晓得他为什么又和这种工作发生了关系。那年我被分到图书馆做工读生,发现所有的旧次序都需要另编,真让我不胜惊骇。每次,当我编排书目的时候，他好像总在那里。安静地，穿着一身很干净的浅颜色衣服，坐在高高的书架下面，很仔细地指导工作。他的样子很慎重，也很怡然。日子久了，偶然走进书库，如果他不在那里，我好像也能看见一个银发的影子坐在那儿。好几次，我很冲动地想告诉他那四个字——皓首穷经。但我终于没有说，用文字去向一个人解说他已经了解、已经践行的真理，实在有点可笑。

我想他是很孤单的，虽然他那样忙。桑夫人已经去世多年了，学校里设了一个桑夫人纪念奖学金。我四年级的时候曾经得到它。那天，他在办公室见我，用最简单的句子和我说话。他说得很慢，并且常常停下来，尽可能地思索一个简单的字汇——后来我渐渐知道这是他和中国人说话的习惯。其实他的苏州话说得不错，只是对大多数的学生而言，听英文还比听苏州话容易一些！

“哦，是你吗？”他和我握手，我忽然难受起来，我使他想起他的亡妻了。我觉得那样内疚。

“我要一张你的照片，”他很温和地说，“那个捐款的人想看看你。”

“好，”我渐渐安定下来，“下礼拜我拿给你。”

“我可以付洗照片的钱。”他很率真地笑着。

“不，我要送给你！”

那次以后，我常常和他点点头，说一句早安或是哈啰。后来我毕业了，仍旧留在学校里，接近他的机会更多了。我才发现，原来他那清澈的双目中有一只是瞎了的！那天我和他坐在一辆校车里，他在中山北路下车。他们系里的一个助教慌忙把头伸出窗外。

“桑先生！”他叫着，“今天坐出租车回去吧，不要再坐巴士了。”

他回过脸来，像一个在犯错的边缘被抓到的孩子，带着顽皮的笑容点了点头。

“你看，他就是这样。人病着，还不肯停。”那助教对我说，“并且他有一只眼已经失明了，还这样在街上横冲直撞，叫人担心。”

我忽然觉得喉头被什么哽咽住了，他瞎了一只眼！难怪他和人打招呼的时候总是那样迟钝，难怪他下楼梯的时候显得那样步履维艰。他必定忍受了很大的痛苦，什么都不为，什么都不贪图，这是何苦来呢！

“只有受伤者，才能安慰人。”或许这就是上帝准许他盲目的唯一解释。学生若有了困难，很少不去麻烦他的。常常看他带着一个学生走进办公室来，慢慢地说：“这个男孩，他需要帮助。”他说话的时候每每微哈着腰，一只手搭在那学生的肩膀上。他的眼光透过镜片，透露出深切真挚的同情——以致让我觉得他不可能瞎过。他总让我不由自主地想起一句话：“从来没有一个人，像屈身帮助一个孩子的人那样直。”

他所唯一帮不上忙的工作，恐怕就是为想放洋的人写介绍信了。有一次，吴气急败坏地来找我。

“我托错人了，人家都说我太糊涂，”她说得很快，不容我插嘴，“你知道，人家说凡是请他写介绍信的，就没一个申请上。我也没希望了。我事前一点不晓得，只当他是个大好佬呢！”

“你知道，他也写得太老实了。唉，这种教徒真是没办法，一点谎都不撒。”她接着说，气势逐渐弱了，“你说，写介绍信怎么能不吹嘘呢？何必那么死心眼？你说，这种年头……”

她走后，办公室里剩下我一个人。想象中仿佛能看到他坐在斜对面的办公室里，面对着打字机，一个字母一个字母地斟酌，要写一封诚实无讹的介绍信。但他也许永远不会知道，诚实并不被欢迎。

他的生活很简单，除了星期天，他总是忙着。有时偶然碰到放假，我到办公室去看他一眼，他竟然还在上着班，打字机的声音响在静静的走廊上，显得很单调。

他爱写一些诗，有几首刊载出来的我曾经看过，但我猜想那是多年以前写的了。这些年来，他最喜欢的恐怕还是音乐。他有一架大钢琴，声音很好，也很漂亮。放在大礼堂里，从来不让人碰。去年夏令会的时候，学音乐的徐径自跑上去弹，工友急忙跑来阻止，叫他别弹。他很严重地叫道："桑先生听见要生气的！"

"弹下去，孩子。"另一个声音忽然温和地响起，那双流露着笑意的眼睛闪着，是桑先生自己来了，"你叫什么名字，你弹得真好。"

我不由想起那个古老的瑶琴的故事。

后来有次在中山堂听音乐，徐忽然跑过来，指着前面说："瞧，那不是你们的老桑先生吗？他，很可爱。"

"是的，我们的老桑先生，"我不觉呐呐地重复着徐的话，"他很可爱。"

我想，徐已经了解我说的是什么了。

节目即将开始，我却不自禁地望着他的背影，那白亮的头发，多沟纹的后颈，瘦削的肩膀。我不由想起俄曼在《青春》一文中开头的几句话："青春并不完全是人生的一段时光——它是一种心理的状态。它并不完全指丰润的双颊、鲜红的嘴唇，或是伸屈自如的腿胫。它是坚强的意志、丰富的想象力、旺盛的情感。青春是生命之深泉中的一股新鲜气质。"我觉得，他是那样年轻。这时他发现了我，回头一笑。在那安静自足的笑容里，我记起上次院长和我谈他的话了：

"你看他说过话吗？不，他不说话的，他只是埋着头做事。有一次我问他，'桑先生，你这样干下去，如果有一天穷得没饭吃怎么办？'他很郑重地用苏州话说：'我喝稀饭。''稀饭也没得喝呢？''我喝开水!’”

我忍不住抵了身旁的德一下。

“这是为什么呢?德,”我指了指前面的桑先生,“一个人孤零零地、颤巍巍地绕过半个地球,住在另外一个民族里面,听另外一种语言,吃另一种食物。没有享受,只有操劳,没有聚敛,只有付出。病着,累着、半瞎着,强撑着,做别人不在意的工作。人家只把道理挂在嘴上说说,笔下写写,他倒当真拼着命去做了。这,是何苦呢!”

“我常想,”德带着沉思说,“他就像《马太福音》书里所说的那种烛光,点着了,放在高处(上面被烧着,下面被插着)。——但却照亮了一家的人,找着了许多失落的东西。”

灯忽然熄了,节目开始。会场立刻显得空旷而安静。台上的光线很柔和,音乐如潮水,在大厅中回荡着。而在这一切之中和这一切之外,我看到一支小小的烛光,温柔而美丽,亮在很高很高的地方。

归　去

终于到了，几天来白日谈着、夜晚梦见的地方。我还是第一次来到这重叠的深山中，只是我那样确切地感觉到，我并非在旅行，而是归返了自己的家园。

我已经很久没有像这次这样激动过了。刚踏入登山的阶梯，就被如幻的奇景震慑得憋不过气来。我痴痴地站着，双手掩脸，忍不住地想哭。参天的黛色夹道作声，粗壮、笔直而又苍古的树干傲然耸立。“我回来了，这是我的家。”我泪水微泛地对自己说，“为什么我们离别得这样久？”

一根古藤从危立的绝壁上挂下，那样悠然地垂止着，好像一点不觉察它自己的伟大，也一点不重视自己所经历的岁月。我伸手向上，才发现它距离我有多远。我松下手，继续忘神地仰视那突出的、像是要塌下来的、生满了蕨类植物的岩石。我的心忽然进入一个阴凉的岩穴里，浑然间竟忘记山下正是酷暑的季节。

疾劲的山风推着我，我被浮在稀薄的青烟里。我每走几步总忍不住要停下来，抚摩一下覆盖着苔衣的山岩，那样亲切地想到“苔厚且老，青草为之不生”的句子。啊，我竟是这样熟悉于我所未见的景象，好像它们每一块都是我家中的故物！

石板铺成的山径很曲折，但也很平稳。我尤其喜欢其中的几段——它们初看时和叠叠的石阶并无二致。仔细看去才知道是整块巨大的山岩被凿成的。那一棱一棱的、粗糙而又浑厚的雕工表现着奇妙的力，让我莫名地欢欣起来。好像一时之间我又缩小了，幼弱而无知，被抱在父亲粗硬多筋的双臂里。

依还落在后面，好几天来为了计划这次旅行，我们兴奋得连梦境都被扰乱了。而现在，我们已经确确实实地踏在入山的道路上，我多么惭愧，一向我总爱幻想，总爱事先替每一件事物勾出轮廓，不料我心目中的狮山图一放在真山的前面，就显得拙劣而又可笑了。那样重叠的、迂回的，深奥苍郁而又光影飘忽的山景竟远远地把我的想象抛在后面。我遂感到一种被凌越、被征服的快乐。

我们都坐在浓浓的树荫下——峙、茅、依和我——听蝉声和鸟声的协奏曲。抬头看天，几乎全被浓得拨不开的树叶挡住了。连每个人的眉宇间，也恍惚荡过一层薄薄的绿雾。

“如果有一张大荷叶，”我对峙说，“我就包一包绿回去，调成一盒小小的眼膏。”

他很认真地听着我，好像也准备参与一件具体的事业，“另外还要采一张小荷叶，包一点太阳的金色，搀和起来就更美了。”

我们的言语被呼啸的风声取代，入夏以来已经很久没有听过这样的风声了。刹那间，亿万片翠叶都翻作复杂的琴键，造物的手指在高低音的键盘间迅速地移动。山谷的共鸣箱将音乐翕和着，那样郁勃而又神圣,让人想到中古世纪教堂中的大风琴。

路旁有许多数不清的小紫花,和豌豆花很相像,小小的,作斛状,凝聚着深深的蓝紫。那样毫不在意地挥霍着她们的美,把整个山径弄得有如一张拜占庭的镶嵌画。

我特别喜欢而又带着敬意去瞻仰的,却是那巍然耸立的峭壁。它那漠然的意态,那神圣不可及的意象,让我忽然静穆下来。我真想分沾一点它的稳重、它的刚毅,以及它的超越。但我肃立了一会儿便默然离去了——甚至不敢用手碰它一下,觉得那样做简直有点亵渎。

走到山顶,已是黄昏了。竹林翳如,林鸟啁啾。我从来没有看过这样奇特的竹子。这样粗,这样高,而叶子偏又这样细碎。每根竹干上都覆罩着一层霜状的白色细末。把那绿色衬得非常细嫩。猛然看去,倒真像国画里的雪竹。所不同的,只是清风过处,竹叶相击,平添了一阵环佩声。

我们终于到了海会庵。当家师父为我们安顿了住处,就又回厨房削瓜去了。我们在院中盘桓了一会,和另外的游客交谈几句。无意中一抬头,猛然接触到对面的山色。

“啊!”我轻轻叫了一声,带着敬畏和惊叹。

“什么事?”和我说话的老妇也转过身去。只见对面的山峰像着了火般地燃烧着,红艳艳地,金闪闪地,看上去有几分不真实的感觉,但那老妇的表情很呆滞,“天天日落时都是这样的。”她说完就走了。

我,一个人,立在斜阳里,惊异得几乎不能自信。“天父啊!”我说,“你把颜色调制得多么神奇啊!世上的舞台灯光从来没有控制得这么自如的。”

吃饭的时间到了,我很少如此饿过。满桌都是素菜,倒也清淡可爱。饭厅的灯幽暗,有些很特殊的气氛。许多游客都向我们打听台北的消息,问我们是否有台风要来。

“台风转向好几天了,现在正热着呢!”

也许他们不知道,在那个酷热的城里,人们对许多可笑的事也热得可笑。

饭罢坐在庙前,看脚下起伏的层峦。残霞仍在燃烧着,那样生动,叫人觉得好像差不多可以听到火星子的劈啪声了。群山重叠地插着,一直伸延到看不见的远方。迷茫的白气氤氲着,把整个景色渲染得有点神话气氛。

山间八点钟就得上床了,我和依相对而笑。要是平日,这时分我们才正式开始看书呢!在通道里碰见当家师父,她个子很瘦小,脸上没有一点表情。

“您来这里多久了?”我说。

“唔,四五十年了。”

“四五十年?”我惊讶地望着她,“您有多大年岁?”

“六十多了。”她说完,就径自走开了。

我原没有料到她是那么老了,我以为她才四十呢!她年轻的时候,想必也是很娟秀的。难道她竟没有一些梦、一些诗、一些痴情吗?四五十年,多么漫长的岁月!其间真的就没有任何的牵挂、任何眷恋、任何回忆吗?钟鼓的声音从正殿传过来,低沉而悠扬。山间的空气很快地冷了,我忽然感到异样的凄凉。

第二天,依把我推醒,已经四点五十了。她们的早课已毕。我们走出正殿,茅和峙刚好看完了日出回来。原来我们还起得太晚呢!天已经全亮了,山景明净得像是今天早晨才新生出来的。朝霞已经漂成了素净的白色,无所事事地在为每一个山峰镶着边。

五点多,就开始吃早饭了。放在我面前的是一盘金色的苦瓜,吃起来有一些奇异的风味,依尝了一口,就不敢再试了。茅也闻了闻,断定是放了棘芥的叶子。棘芥?我还是第一次听到。嗅起来有一点类似茴香,嚼起来又近乎芫荽。我并不很喜欢那种味道,但有气味总比没气味好,这些年来让我最感痛苦的就是和一些“非之无举、刺之无刺”的人交往。他们没有颜色、没有形状、没有硬度,而且也没有气味。与其如此,何如在清风逡巡的食堂里,品尝一些有异味的苦瓜。(这种朋友称之为棘芥的东西,现在回想起来,应是“九层塔”。)

六点钟,我们就出发去找水帘洞了。天很冷,露水和松果一起落在我们的路上。鸟儿们跳着,叫着,一点没有畏人的习惯。我们看到一只绿头红胸的鸟,在凌风的枝头嘤鸣。它的全身都颤抖着,美丽的颈子四面转动。让我不由想起所罗门王所写的雅歌:“不要惊动,不要叫醒我所亲爱的,等他自己情愿。”忽然,从很远的地方传来一阵微弱的呼应,那只鸟就像触电似的弹了出去。我仰视良久,只是一片浅色的蓝天和蔼地伸延着。

“它,不是很有风度吗?”我小声地说。

其余的三个人都笑了,他们说从来没听说过鸟有风度的。

转过几处曲折的山径,来到一个很深的峡谷,谷中种了许多矮小的橘树。想象中开花的季节,满山满谷都是香气,浓郁得叫人怎么消受呢? 幸亏我们没赶上那个季候,不然真有坠崖之虞呢!

峡谷对面叠着好几重山,在晨光中幻出奇异的色彩来。我们真是很浅薄的,平常我们总把任何形状、任何颜色的山都想象作一样的,其实它们是各自不同的。它们的姿容各异,它们叠合的趣味也全不相像。靠我们最近的一列是嫩嫩的黄绿色,看起来绒绒的、柔柔的。再推进去是较深的苍绿。有一种稳重而沉思的意味。最远的地方是透明而愉快的浅蓝。那样豁达,那样清澄,那样接近天空。我停下来,伫立了一会,暗暗地希望自己脚下能生出根来,好作一棵永远属于山、永远朝参着山景的小树。

已是七点了,我们仍然看不见太阳,恐怕是要到正午时分才能出现了。渐渐地,我们听到淙淙的水声。溪里的石头倒比水还多,水流得很缓慢,很优美。

“在英文里头,形容溪水的声音和形容情人的说话,用的是同样的状声词呢!”峙说。

“是吗?”我恋恋地望着那小溪,“那么我们该说流水喁喁了。”

转过一条小径,流水的喁喁逐渐模糊了。一棵野百合灿然地开着,我从来不认为有什么花可以同百合比拟。它那种高华的气质,那种脱俗的神韵,在我心里总象征着一些连我自己也不全然了解的意义。而此刻,在清晨的谷中,它和露而绽开了,完全无视于别人的欣赏。沉默、孤独,而又超越一切。在那盛开的一朵下面,悲壮地垂着四个蓓蕾。继第一朵的开放与凋落之后,第二朵也将接着开放,凋落。接着第三朵、第四朵……是的,它们将连续着在荒芜的谷中奉献它们的洁白的芳香。不管有没有人经过,不管有没有人了解。这需要怎样的胸襟!我不由想起王摩诘的句子“涧户寂无人,纷纷开且落”以及孔子所说的“知其不可而为之”,心情不觉转变得十分激烈。

水声再度响起,这是一个狭窄的溪谷,水帘洞已经到了。洞沿上生着许多变种的小竹子，倒悬着像藤萝植物似的。水珠从上面滴下来，为石洞垂下许多串珠帘。把洞口的土地滴得有些异样，洞里头倒是很干燥。

溪谷里有很大的石头，脱了鞋可以从容地玩玩。水很浅，鱼虾来往优游。我在石上倚上好一会，发觉才是八点。如果在文明社会里，一切节目要现在才开始呢！想台北此刻必是很忙了。黏黏的柏油路上，挂着客满牌子的汽车又该衔尾急行了。

我们把带来的衣服洗好，挂在树枝上。便斜靠着石头看天空。太阳渐渐出来了，把山巅树木的阴影绘在溪底的大石头上。而溪水，也把太阳的回光反推到我们脸上来。山风把鸟叫、蝉鸣、笑声、水响都吹成模糊的一片。我忽然觉得自己也被搅在那声音里，昏昏然地飘在奇异的梦境之中。真的，再没有什么比自然更令人清醒，也再没有什么比自然更令人醺然。过了一会，我定神四望，发现溪水似乎是流到一个山缝里而被夹住了。那山缝看起来漆黑而森严，像是藏着一套传奇故事。啊！这里整个的景色在美丽中包含着魔术性。

太阳升得很高，溪谷突然明亮起来。好像是平缓的序曲结束了，各种乐器忽然奏起轻柔明快的音响，节拍急促而清晰。又好像是画册的晦暗封面被打开了，鲜丽的色彩猝然跃入视线，明艳得叫人几乎眩昏。坐在这种地方真需要一些定力呢！野姜花的香气从四面袭来，它距离我们只有一抬手的距离，我和依各采了一朵。那颜色白得很细致，香气很淡远，枝干却显得很朴茂。我们有何等的荣幸，能掬一握莹白，抱一怀宁静的清芬。

回来的路上，天渐渐热了起来。回到庵中，午饭已经开出来了，笋汤鲜嫩得像果汁，四个人把一桌菜吃得精光。

下午睡足了起来看几页书，阳光很慵懒，流云松松散散地浮着。我支颐长坐，为什么它们美得这样闲逸？这样没有目的？我慢慢地看了几行传记，又忍不住地望着前前后后拥合的青山。我后悔没有带几本泰戈尔或是王摩诘的诗，否则坐在阶前读它们，岂不是等于念一本有插图注解的册子吗？

我们仍然坐着，说了好些傻话。茅偷偷摸摸地掏出个小包，打开一看，竟是牛肉干！我们就坐在对弥陀佛不远的地方嚼了起来。依每吃一块就惊然四顾，唯恐被发现。一路走向饭堂的时候，她还疑心那小尼姑闻到她口中的牛肉味呢。

晚饭后仍有几分夕阳可看。慢慢地，蓝天现出第一颗星。我们沿着昏黑的山径徐行，因为当家师父过寿，大小尼姑都忙着搓汤圆去了。听说要到十点才关门，我们也就放心前去。走到一处有石凳的地方，就歇下来看天。这是一个难得的星月皎洁的夜晚，月光如水，淹没了层峦,淹没了无边的夜,明亮得叫人不能置信。看那种挥霍的气派,好像决心要在一夜之间把光明都拼尽似的。"我担心明夜不再有月华了。"我喃喃地说,"不会有了,它亮得太过分。"

"不用过虑,"峙说,"只是山太高太接近月亮的缘故吧!"

真的,山或许是太高了,所以月光的箭镞才能射得这么准。

晚上回来,圆圆的月亮仍旧在窗框子里,像是被法术定住了。我忍不住叫依和我一起看,渐渐地,月光模糊了,摇晃了,隐退了,只剩下一片清梦。

早晨起来,沿着花生田去爬山,居然也找到几处没有被题名的胜景。我们发现一个很好的观望台,可以俯视灵塔和附近的一带松林。那松林本来就非常高,再加上那份昂然的意象,看来好像从山谷底下一直冲到山峰顶上去了。弄得好像不是我们在俯视它,倒是它在俯视我们了。风很猛,松树的气味也很浓烈。迎风长啸,自觉豪情万千。

"下次,"峙说,"我们再来找这个地方!"

"恐怕找不着了,"我一面说,一面留恋地大口呼吸着松香,"这样的曲径,只能够偶然碰着,哪里能够轻易找到呢?"

真的,那路很难走——我们寻出来的时候就几乎迷路。

到了庵中,收拾一下,就匆匆离去了。我们都是忙人,我们的闲暇不是偷来的,就是抢来的。

下山的阶梯长长地伸延着,每一步都带我走向更低下的位置。

我的心突然觉得悲楚起来,“为什么我不能长远归家?为什么我要住在一个陌生多市尘的大城里?”群山纠结着,苍色胶合着,没有一声回音。

在路旁不远的地方,峙站着。很小心地用一张棉纸包一片很嫩的新叶,夹进书页中,然后又紧紧地合上了。我听见他在唱一首凄美的英文歌:“当有一天,我已年老不爱梦幻,有你,可资我怀念。当有一天,我已年老不爱梦幻,你的爱情仍停留我心间。”

我慢慢地走下去,张开的心页逐渐合拢了。里面夹着的除了嫩叶的颜色以外,还有山的郁绿、风的低鸣、水的弦柱、月的水银,连同松竹的香气,以及许多模模糊糊、虚虚实实的美。

那欢声仍在风的余韵中回响着,我感到那本夹着许多记忆的书,已经被放置在雕花的架上了。啊,当我年老,当往事被尘封,它将仍在那里,完整而新鲜,像我现在放进去的一样。

我喜欢

我喜欢活着,生命是如此地充满了悦愉。

我喜欢冬天的阳光,在迷茫的晨雾中展开。我喜欢那份宁静淡远,我喜欢那没有喧哗的光和热。而当中午,满操场散坐着晒太阳的人,那种原始而纯朴的意象总深深地感动着我的心。

我喜欢在春风中踏过窄窄的山径,草莓像精致的红灯笼,一路殷勤地张结着。我喜欢抬头看树梢尖尖的小芽儿,极嫩的黄绿色中透着一派天真的粉红——它好像准备着要奉献什么,要展示什么。那柔弱而又生意盎然的面目,常在无言中教导我一些美丽的真理。

我喜欢看一块平平整整、油油亮亮的秧田。那细小的禾苗密密地排在一起,好像一张多绒的毯子,是集许多翠禽的羽毛织成的,它总是激发我想在上面躺一躺的欲望。

我喜欢夏日的永昼,我喜欢在多风的黄昏独坐在傍山的阳台上。小山谷里的稻浪推涌,美好的稻香翻腾着。慢慢地,绚丽的云霞被浣净了,柔和的晚星遂一一就位。我喜欢观赏这样的布景,我喜欢坐在那舒服的包厢里。

我喜欢看满山菅芒,在秋风里凄然地白着。在山坡上,在水边上,美得那样凄凉。那次,刘告诉我他在梦里得了一句诗:“雾树芦花连江白”,意境是美极了,平仄却很拗口。想凑成一首绝句,却又不忍心改它。想联成古风,又苦再也吟不出相当的句子。至今那还只是一句诗,一种美而孤立的意境。

我也喜欢梦,喜欢梦里奇异的享受。我总是梦见自己能飞,能跃过山丘和小河。我总是梦见奇异的色彩和悦人的形象。我梦见棕色的骏马,发亮的鬣毛在风中飞扬。我梦见成群的野雁,在河滩的丛草中歇宿。我梦见荷花海,完全没有边际,远远在炫耀着模糊的香红——这些,都是我平日不曾见过的。最不能忘记那次梦见在一座紫色的山峦前看日出——它原来必定不是紫色的,只是翠岚映着初升的红日,遂在梦中幻出那样奇特的山景。

我当然同样在现实生活里喜欢山,我办公室的长窗便是面山而开的。每次当窗而坐,总觉得满几尽绿,一种说不出的柔和。较远的地方,教堂尖顶的白色十字架在透明的阳光里巍立着,把蓝天撑得高高的。

我还喜欢花,不管是哪一种,我喜欢清瘦的秋菊,浓郁的玫瑰,孤洁的百合,以及幽闲的素馨。我也喜欢开在深山里不知名的小野花。十字形的、斛形的、星形的、球形的。我十分相信上帝在造万花的时候,赋给它们同样的尊荣。

我喜欢另一种花儿,是绽开在人们笑颊上的。当寒冷早晨我走在巷子里,对门那位清癯的太太笑着说:“早!”我就忽然觉得世界是这样的亲切,我缩在皮手套里的指头不再感觉发僵,空气里充满了和善。

当我到了车站开始等车的时候,我喜欢看见短发齐耳的中学生。那样精神奕奕的、像小雀儿一样快活的中学生。我喜欢她们美好宽阔而又明净的额头,以及活泼清澈的眼神。每次看着他们老让我想起自己,总觉得似乎我仍是她们中间的一个。仍然单纯地充满了幻想,仍然那样容易受感动。

当我坐下来,在办公室的写字台前,我喜欢有人为我送来当天的信件。我喜欢读朋友们的信,没有信的日子是不可想象的;我喜欢读弟弟妹妹的信,那些幼稚纯朴的句子,总是使我在泪光中重新看见南方那座燃遍凤凰花的小城。最不能忘记那年夏天,德从最高的山上为我寄来一片蕨类植物的叶子。在那样酷暑的气候中,我忽然感到甜蜜而又沁人的清凉。

我特别喜爱读者的信件,虽然我不一定有时间回复,每次捧读这些信件,总让我觉得一种特殊的激动。在这世上,也许有人已透过我看见一些东西。这不就够了吗?我不需要永远存在,我希望我所认定的真理永远存在。

我把信件分放在许多小盒子里,那些关切和情谊都被妥善地保存着。

除了信,我还喜欢看一点书,特别是在夜晚,在一灯荧荧之下。我不是一个十分用功的人,我只喜欢看词曲方面的书。有时候也涉及一些古拙的散文,偶然我也勉强自己看一些浅近的英文书,我喜欢他们文字变化的活泼。

夜读之余,我喜欢拉开窗帘看看天空,看看灿如满园春花的繁星。我更喜欢看远处山坳里微微摇晃的灯光。那样模糊,那样幽柔,是不是那里面也有一个夜读的人呢?

在书籍里面我不能自抑地要喜爱那些泛黄的线装书,握着它就觉得握着一脉优美的传统,那涩黯的纸面蕴含着一种古典的美。我很自然地想到,有几个人执过它,有几个人读过它。他们也许都过去了,历史的兴亡、人物的更迭本是这样虚幻,唯有书中的智慧永远长存。

我喜欢坐在汪教授家中的客厅里,在落地灯的柔辉中捧一本线装的昆曲谱子。当他把旧得发亮的褐色笛管举到唇边的时候,我就开始轻轻地按着板眼唱起来。那柔美幽咽的水磨调在室中低回着,寂寞而空荡,像江南一池微凉的春水。我的心遂在那古老的音乐中体味到一种无可奈何的轻愁。

我就是这样喜欢着许多旧东西。那块小毛巾,是小学四年级参加《儿童周刊》父亲节征文比赛得来的。那一角花岗石,是小学毕业时和小曼敲破了各执一半的。那具布娃娃是我儿时最忠实的伴侣。那本毛笔日记,是七岁时被老师逼着写成的。那两支蜡烛,是我过廿岁生日的时候,同学们为我插在蛋糕上的……我喜欢这些财富,以致每每整个晚上都在痴坐着,沉浸在许多快乐的回忆里。

我喜欢翻旧相片,喜欢看那个大眼睛长辫子的小女孩。我特别喜欢坐在摇篮里的那张,那么甜美无忧的时代!我常常想起母亲对我说:“不管你们将来遭遇什么,总是回忆起来,你们还有一段快活的日子。”是的,我骄傲,我有一段快活的日子——不只是一段,我相信那是一生悠长的岁月。

我喜欢把旧作品一一检视,如果我看出已往作品的缺点,我就高兴得不能自抑——我在进步!我不是在停顿!这是我最快乐的事了,我喜欢进步!

我喜欢美丽的小装饰品,像耳环、项链和胸针。那样晶晶闪闪的、细细微微的、奇奇巧巧的。它们都躺在一个漂亮的小盒子里,炫耀着不同的美丽。我喜欢不时看看它们,把它们佩在我的身上。

我就是喜欢这样松散而闲适的生活,我不喜欢精密地分配时间,不喜欢紧张地安排节目。我喜欢许多不实用的东西,我喜欢充足的沉思时间。

我喜欢晴朗的礼拜天清晨，当低沉的圣乐冲击着教堂的四壁，我就忽然升入另一个境界，没有纷扰，没有战争，没有嫉恨与恼怒。人类的前途有了新的光芒，那种确切的信仰把我们带入更高的人生境界。

我喜欢在黄昏时来到小溪旁。四顾没有人，我便伸足入水——那被夕阳照得极艳丽的溪水，细沙从我的趾间流过，某种白花的瓣儿随波飘去，一会儿就灭幻了——这才发现那实在不是什么白花瓣儿，只是一些被石块激起的浪花罢了。坐着，坐着，好像天地间都流动着和暖的细流。低头沉吟，满溪红霞照得人眼花，一时简直觉得双足是浸在一钵花汁里呢！

我更喜欢没有水的河滩，长满了高及人肩的蔓草。日落时一眼望去，白石不尽，有着苍莽凄凉的意味。石块垒垒，把人心里慷慨的意绪也堆叠起来了。我喜欢那种情怀，好像在峡谷里听人喊秦腔，苍凉的余韵回转不绝。

我喜欢别人不注意的东西，像草坪上那株没有人理会的扁柏，那株瑟缩在高大龙柏之下的扁柏。每次我走过它的时候总要停下来，嗅一嗅那股清香，看一看它谦逊的神气。有时候我又怀疑它不是谦逊，因为也许它根本不觉得龙柏的存在。又或许它虽知道有龙柏存在，也不认为伟大与平凡有什么两样——事实上伟大与平凡的确也没有什么两样。

我喜欢朋友，喜欢在出其不意的时候去拜访他们。尤其喜欢在雨天去叩湿湿的大门，在落雨的窗前话旧真是多么美。记得那次到中部去拜访芷的山居，我永不能忘记她看见我时的惊呼。当她连跑带跳地来迎接我，山上的阳光就似乎忽然炽燃起来了。我们走在向日葵的荫下，慢慢地倾谈着。那迷人的下午像一阕轻快的曲子，一会儿就奏完了。

我极喜欢，而又带着几分崇敬去喜欢的，便是海了。那辽阔，那淡远，都令我心折。而那雄壮的气象，那平稳的风范，以及那不可测的深沉，一直向人类作着无言的挑战。

我喜欢家，我从来还不知道自己会这样喜欢家。每当我从外面回来，一眼看到那窄窄的红门，我就觉得快乐而自豪。我有一个家，多么奇妙！

我也喜欢坐在窗前等他回家来。虽然过往的行人那样多，我总能分辨他的足音。那是很容易的，如果有一个脚步声，一入巷子就开始跑，而且听起来是沉重急速的大阔步，那就准是他回来了！我喜欢他把钥匙放进门锁中的声音，我喜欢听他一进门就喘着气喊我的英文名字。

我喜欢晚饭后坐在客厅里的时分。灯光如纱，轻轻地撒开。我喜欢听一些协奏曲，一面捧着细瓷的小茶壶暖手。当此之时，我就恍惚能够想象一些田园生活的悠闲。

我也喜欢户外的生活，我喜欢和他并排骑着自行车。当礼拜天早晨我们一起赴教堂的时候，两辆车子便并驰在黎明的道上。朝阳的金波向两旁溅开，我遂觉得那不是一辆脚踏车，而是一艘乘风破浪的飞艇，在无声的欢唱中滑行。我好像忽然又回到刚学会骑车的那个年龄，那样兴奋，那样快活，那样唯我独尊——我喜欢这样的时光。

我喜欢多雨的日子。我喜欢对着一盏昏灯听檐雨的奏鸣，细雨如丝，如一天轻柔的叮咛。这时候我喜欢和他共撑一柄旧伞去散步。

伞际垂下晶莹成串的水珠——一幅美丽的珍珠帘子。于是伞下开始有我们宁静隔绝的世界,伞下缭绕着我们成串的往事。

我喜欢在读完一章书后仰起脸来和他说话,我喜欢假想许多事情。

“如果我先死了,”我平静地说着,心底却泛起无端的哀愁,“你要怎么样呢?”

“别说傻话,你这憨孩子。”

“我喜欢知道,你一定要告诉我,如果我先死了,你要怎么办?”

他望着我,神色愀然。

“我要离开这里,到很远的地方去。去做什么,我也不知道,总之,是很遥远很蛮荒的地方。”

“你要离开这屋子吗?”我急切地问,环视着被布置得像一片紫色梦谷的小屋。我的心在想象中感到一种剧烈的痛楚。

“不,我要拼命去赚很多钱,买下这栋房子。”他慢慢地说,声音忽然变得很凄怆而低沉:

“让每一样东西像原来那样被保持着。哦,不,我们还是别说这些傻话吧!”

我忍不住清泪泫然了,我不明白,为什么我喜欢问这样的问题。

“哦,不要痴了,”他安慰着我,“我们会一起死去的。想想,多美,我们要相偕着去参加天国的盛会呢!”

我喜欢相信他的话,我喜欢想象和他一同跨入永恒。

我也喜欢独自想象老去的日子,那时候必是很美的。就好像夕晖满天的景象一样。那时候再没有什么可争夺的,可留连的。一切都淡了,都远了,都漠然无介于心了。那时候智慧深邃又明澈,爱情渐渐醇化,生命也开始慢慢蜕变,好进入另一个安静美丽的世界。啊,那时候,那时候,当我抬头看到精金的大道,碧玉的城门,以及千万只迎接我的号角,我必定是很激动而又很满足的。

我喜欢,我喜欢,这一切我都深深地喜欢!我喜欢能在我心里充满着这样多的喜欢!